REI
REVÉS

REI REVÉS

EVANDRO
AFFONSO
FERREIRA

1ª edição

EDITORA RECORD
RIO DE JANEIRO • SÃO PAULO
2021

CIP-BRASIL. CATALOGAÇÃO NA PUBLICAÇÃO
SINDICATO NACIONAL DOS EDITORES DE LIVROS, RJ

F44r

Ferreira, Evandro Affonso
Rei Revés / Evandro Affonso Ferreira. – 1ª ed. – Rio de Janeiro: Record, 2021.

ISBN 978-85-01-11861-5

1. Romance brasileiro. I. Título.

19-61558

CDD: 869.3
CDU: 82-31(81)

Meri Gleice Rodrigues de Souza – Bibliotecária – CRB-7/6439

Texto revisado segundo o novo Acordo Ortográfico da Língua Portuguesa.

Direitos exclusivos desta edição reservados pela
EDITORA RECORD LTDA.
Rua Argentina, 171 – Rio de Janeiro, RJ – 20921-380 –
Tel.: (21) 2585-2000.

Impresso no Brasil

ISBN 978-85-01-11861-5

Sofrer é o destino dos mortais.

Eurípides

Para
Mario Vitor Santos
e Irineu Franco Perpétuo

Deus trágico irreconhecível saiu sorrateiro das páginas mitológicas gregas e voltou e retrocedeu alguns mil anos e pousou numa rua da cidadela dos Anuns; pousou de súbito à beira do berço do menino sussurrando elíptico, ao mesmo tempo aliterante: Trajetória Trágica. Agora entendemos com mais clareza o prenúncio grego: as lágrimas de Heráclito seriam mais, muito mais, acentuadas que os risos de Demócrito. Esse deus trágico irreconhecível aconchegou o menino e subiu no morro mais alto da cidadela e, com olhar nostradâmico, viu lonjuras e conglomerados e multidões e aplausos e uivos e conclamações e reivindicações e atas e passeatas e autodidatas e magnatas e democratas e sociopatas e cisões e faisões e divisões e repressões e traições e brasões e diversões e omissões e convulsões e desilusões e corrupções e prisões e cortes e recortes e esportes e aportes e mortes — muitas. Menino predestinado aos tempos-temporais ásperos e doces. Entanto, designado à finitude funesta, à desmesurada solidão. Ah, deus trágico irreconhecível, artífice de trajetórias transitórias e incertas e gloriosas e devastadoras. Ah, Menino-Quase-Algum, hoje Homem-Quase-Nenhum! Que deus trágico irreconhecível foi esse que envolveu esse (ainda criança) nos eflúvios das adversidades subsequentes? Ah, já naqueles pretéritos infantes seria possível vislumbrar seu próprio epitáfio: REI REVÉS. Agora? Entre quatro paredes estudando a tessitura do Vazio; tempo todo diante dos Esconjuros-Bumerangues e do escárnio do Inacessível — quase-impossibilitado de se blindar dos mais variados-inúmeros presságios sinistros. Viver? Nunca estamos preparados para esta emboscada. Entanto, deus trágico irreconhecível não ignorou que as empreitadas existenciais do menino-tabaréu ameaçavam altivos voos, significativas vitórias. Hoje? Sensação de que não há mais préstimos para tantas preces; não há mais inesperados para tantos ardis, tantas ciladas das contingências, das vicissitudes das deusas das Insídias — igualmente dificultoso se blindar dos obuses do Acaso. Deus trágico irreconhecível já havia vislumbrado naqueles pretéritos infantes todos os aclives, todos os declives daquele menino-tabaréu natural da cidadela dos Anuns. Ah, Sófocles! Ah, Eurípides! Ajudem narrador desta miniepopeia a psicografar o Incognoscível; a lançar mão do Enigmático; a manusear Transcendência; entender a mímica do Desarrazoado. Ele, Rei Revés, agora, em suas noites insones, tentando-querendo voltar aos pretéritos infantes, possivelmente conclui, desesperado, que não se entra duas vezes no mesmo rio — da infância? Olhares extenuados procurando lonjuras, tentando alcançar-apalpar a própria meninice? Enterrar os próprios mortos... Entanto, memória dele Rei Revés, capenga, motivo pelo qual sabe das impossibilidades de recuperar a arqueologia da infância escavando-trazendo aqueles fósseis e artefatos lúdicos: possivelmente pandorgas e bolas de gudes e piões e carretilhas e outros que tais. Ah, como refazer a trajetória fatal daquelas pedras que quase nunca se perdiam no meio do caminho entre o estilingue e o passarinho? Como cavoucar o chão intangível de pretérito longínquo para vivificar o sentido do gosto do primeiro-furtivo beijo? Como desfazer naqueles tempos distantes as emboscadas do póstumo? Agora entre quatro paredes talvez tente, num esforço mnemônico, catalogar os Contratempos na volumosa-invisível pasta dos Percalços? Difícil estabelecer aqui destas distantes páginas ponto limite entre ficção e realidade. Enterrar os próprios mortos... Possivelmente esteja pensando noutro epitáfio para si mesmo: FOI TUDO UMA CONTÍNUA QUASE INTERMINÁVEL CILADA. Sensação de que nossa personagem já tenha descoberto que a Existência é uma metáfora dela mesma, ou melhor, sua própria interjeição: Puxa Vida! Agora, entre quatro paredes, Rei Revés sente inevitável sentimento de nostalgia do outro-ele-mesmo — talvez. Recluso, ninguém é pleno de si? É abandonado pelos próprios-múltiplos personagens que carregou vida toda? Pavores e sustos agora emaranhados na rede da Inquietude? Impossibilitado de alcançar seus propósitos? Narrador desta miniepopeia não sabe como desfazer o entrançado delas suas próprias dúvidas; como desfazer essa neblina embaçando possíveis-supostas respostas. A própria personagem poderá, agora, dizer para si mesma, a exemplo daquela esfinge tebana: *Decifra-me ou...* Entretanto, há sempre um Entretanto atravancando nosso fluxo de consciência. Rei Revés? Descendente de divindades ambíguas? Agora utensílio, instrumento dos deuses dos Desarranjos? Sombra sem força? Lira quebrada? Dias embrutecidos pela solidão? De madrugada, entre quatro paredes, suas plangências se perdem no vazio? Possivelmente andando às apalpadelas pelos corredores escuros das Impossibilidades, tragado talvez pela voragem do Desencanto? Preparando-se igualmente contra as emboscadas da Obliquidade, das estocadas da sintaxe do Esquecimento? Passos agoniados em consequência da Imprevisibilidade do logo-ali-adiante, apalpando as tramas das quatro paredes — urdiduras intermináveis do Imponderável? Catalogando na memória arsenal de suplícios? Rei Revés? Caminhante-exíguo cabisbaixo exilado em si mesmo? Sensação de que agora possível vento lá fora seria hino fúnebre? Vivendo de hipóteses e incógnitas? Estaria se inclinando diante da vontade dos deuses da Resignação? Estaria agora se embrenhando nos misteriosos caminhos do próprio interior? Praticando penitências? Procurando desconhecidos eus? Tentando adivinhar o sentido da própria vida? Narrador desta miniepopeia desconfia de que vida dela nossa personagem é parábola ininteligível — recheada de não-vereis, não-entendereis. Seja como for, tenta-se rastrear a teologia das Vicissitudes — somos todos cúmplices dos deuses abstrusos; não conseguimos conter a sanha dos sortilégios, as tramas engendradas em segredo pelos feiticeiros dos Desígnios. Rei Revés? Vive enrodilhado nas malhas do Inopinado? Estaria agora juntando fragmentos pretéritos para suprir carência de vindouros? Para abafar solidão irredutível? Tentando catalogar-organizar mentalmente indizíveis astúcias? É possível deduzir-imaginar que entre quatro paredes a inquietude, obstinada, subsiste-perdura em si mesma. Difícil abafar uivos ensurdecedores da Fatalidade, decifrar linguagem confusa do Imponderável. Sensação de que ela nossa personagem já descobriu, in loco, profundo significado do adjetivo ERMO —

percebeu inclusive que reiterados solilóquios enrouquecem Pensamento. Ah, aquele deus trágico irreconhecível parece que ensinou aquele menino-tabaréu a aplainar alguns-muitos desfiladeiros. Entanto, desconfiamos que Rei Revés às vezes não sabia reconhecer de longe emblema, sinal distintivo do Contratempo. Agora, entre quatro paredes, convive muito pouco com os outros — possivelmente vive inclusive nos arredores dele mesmo num espaço fúnebre carente de fogos-fátuos; pensamentos todos talvez levando igualmente à inquietude? Sem Possíveis para confrontar? Diante da longevidade dos dias apáticos e dos clarões fugidios da Esperança? Diante daquele desespero no qual o indivíduo se descobre? Ah, Sófocles! Ah, Eurípides! Ajudem narrador desta miniepopeia a psicografar personagem quase-viva, quase-morta, recolhida entre quatro paredes-espelhos frustrados impossibilitados de refletir soslaios e vieses e reveses e obliquidades. Agora? Limites-exíguos carentes de arrabaldes. Jeito? Continuar empreendendo viagem dentro dele mesmo rastreando pretéritos insurgentes e reformadores e transformadores? Autor quase-epopeico não poderia deixar de perguntar se nesse espaço exíguo, entre quatro paredes (lugar no qual vive nossa personagem), há espaço suficiente para o plantio de Arrependimentos? Seria possível afirmar que em tempos pretéritos viveu na mais servil submissão dos possíveis-prováveis deuses a Atimia? Sempre refutou os contra-argumentos dos prenunciadores das frustrações dos desígnios? Não sabemos ao certo: existe circunstância ficcional feito esta, por exemplo, na qual narrador e personagem se distanciam deixando tudo ao alvedrio imparcial do leitor. Os niilistas, sabemos, já implodiram há muito tempo os porões das Probabilidades. Entanto, não se pode omitir o fato de que ela nossa personagem, hoje situada a grande distância do heroísmo, possivelmente às vezes chora às escondidas, às vezes impropera os deuses — a despeito de reconhecer que as perspectivas favoráveis em muitos momentos praticam recuos estratégicos. Sabe-se que entre quatro paredes não é aconselhável se especializar em aglutinar agonias, em arregimentar exasperações. Ah, menino-tabaréu nascido na cidadela dos Anuns! Seus pensamentos possivelmente estavam sempre ancorados nos longínquos, nas bem-aventuranças vindouras; sensação de que já havia nascido com pleno domínio do Desconhecido; que já gostava desde a infância do lusco-fusco dos prenúncios e de transitar altivo entre os universos paralelos da intemporalidade; sensação de que desde o nascedouro já acertava a prematuridade dos próprios passos caminhando sobre o além-do-imediato. Agora? Entre quatro paredes. Ah, Rei Revés! Narrador desta miniepopeia escreveu num recente livro: Outro dia um peixe, no aquário, comentou com outro, sua frustração de não poder dizer, à semelhança dos marinheiros, a expressão que ele considera muito, muito poética: FAZER-SE AO MAR. Você agora vive envolvido nos insondáveis domínios da solidão abissal? Tentando a todo custo se acostumar com a sempre esmaecida perspectiva da ebulição das horas? Possivelmente possuído por aglomerado de reminiscências — rosário mnemônico. Ah, menino-tabaréu! Aquele deus trágico irreconhecível com certeza não disse, não sussurrou neles seus infantes ouvidos dizendo que há períodos nela, nossa vida, em que o pôr do sol demora meses seguidos para acontecer. Entanto, hoje, nossa personagem sabe que o desejo de adestrar o Enigmático provoca ânsia febril. Autor desta miniepopeia, sempre querendo-procurando escarafunchar o Incompreensível, perguntaria ao deus trágico irreconhecível: por que jogar nossa personagem numa das dez trincheiras circulares concêntricas? — Malebolge. Dante possivelmente o colocaria numa barca do rio Tibre a caminho do Ante-Purgatório, como faria talvez com o próprio narrador desta miniepopeia e todos os seus poucos-possíveis-prováveis leitores. Enterrar os mortos, próprios-precoces mortos... Ah, Rei Revés! Autor e leitor e personagem — todos impossibilitados de estudar a anatomia do Inimaginável e cavoucar o subsolo da Transcendência. Enterrar os próprios-precoces mortos... Devastador ouvir, agora, entre quatro paredes, o eco desmesurado do Nunca-Mais? Jeito seria se exilar de vez no subsolo do Incognoscível? Ah, deus trágico irreconhecível! Como restituir pretéritos promissores e afundar nas águas do Letes aquelas frutas apodrecidas dentro daquele balaio de Ontens? Sabemos-deduzimos que as manhãs vão estilhaçando aos poucos espelho retrovisor de nossa personagem apegando-se aos restolhos mnemônicos. Ah, Rei Revés! Sensação de que aquele deus trágico irreconhecível, lembrando-se do poeta Swinburne, deu a você uma estrela e tirou de você um sol. Agora? Entre quatro paredes? Nossa personagem possivelmente vive se refugiando nas frias quase insondáveis regiões dos Afligimentos, aferrando-se ao seu caudal de desassossegos. Narrador desta miniepopeia desconfia que, entre quatro paredes, num canto qualquer poderá existir um montículo, um ajuntamento de irrespondíveis. Ah, menino-tabaréu! Você viu, você sabia perscrutar lonjuras, você possivelmente viu sobre aquele morro daquela cidadela dos Anuns quase todas as ciladas das Equivocações — quase todas. Entanto... Ah, difícil para todos os mortais entender a geografia dos próprios Descaminhos. Os Equívocos? Autor desta miniepopeia sempre se inquietou com esse dúbio substantivo: Equívocos... Kant, sábio Kant: toda questão tem dois lados. Jeito? Transitar por enquanto nos meandros da Opacidade. Rei Revés sabe que nessa estrada pretérita houve um caudal de veredas e encruzilhadas e paralelas e transversais e muitos-inúmeros que tais; terraplenou-aplainou trechos inumeráveis dessa infindável rodovia dos tempos retroativos-anteriores à elaboração das quatro paredes. Enterrar os mortos, próprios-precoces mortos... Ah, Sófocles! Ah, Eurípides! Nem mesmo vocês meus magistrais autores conseguiram deter as caminhadas inconvertíveis dela, Moira, deusa do Destino. Enterrar os mortos, próprios-precoces mortos... Às vezes, ameninadas mortes — mortes infantes, antecipadas. Rei Revés? Diante de voos cabisbaixos, ao rés do chão, desapontados com a impotência dos élitros? Foram falsos os afagos intermitentes daquele deus trágico irreconhecível? Vítima de meteoritos-gananciosos-explosivos e seus destroços ambiciosos? Faz agora da própria respiração ofegante sussurrante caos? A desesperança e o desconsolo se aglutinam, entrelaçados, entre quatro paredes — compêndio de inquietudes? Noites insones ouvindo insistentes sussurros das deusas do Inconciliável? Assombrado diante dos hieróglifos do Destino e das silhuetas do Imperceptível? Responsável pelo próprio sofrimento? Diante da fatal derrota sobre si mesmo? Jeito seria se abstrair? Lançar mão da negação budista da existência? Ah, menino-tabaréu: aquelas pedras daquele seu estilingue não atingiram todas as aves agourentas, aqueles muitos e esguios e vorazes pássaros funestos. Ah, as Minúcias, os entranhados da Fatalidade... Autor desta miniepopeia não sabe ainda atrelar os nexos aos paradoxos, debulhar as cascas do Incógnito — entanto, suas palavras e frases e parágrafos procuram transitar altivas pelas vielas intrincadas das Razoabilidades. Eurípides e Sófocles e poucos-possíveis-prováveis leitores, todos, precisam saber que esta narrativa não nasceu para carregar consigo o estatuto de evidências imediatas: vive tempo quase todo insegura de si própria. Ah, Rei Revés! Entre quatro paredes, você possivelmente esteja ouvindo Hilda, dizendo baixinho, sussurrando: Vereis um outrotempo estranho ao vosso. Tempo presente, mas sempre um tempo só, Onipresente. Enterrar os mortos, próprios-precoces mortos — entre quatro paredes. Difícil decodificar as migrações abruptas das próprias-prováveis bem-aventuranças. Desconfio que narrador desta miniepopeia, e possivelmente poucos-prováveis leitores, não deveriam mergulhar precipitados nas Intuições. Ah, Sófocles! Ah, Eurípides!

Ajudem autor-quase-epopeico a cingir-envolver com as palavras os quatro pontos cardeais do espectro da Retidão; não deixem narrador transitar errático pelos becos do Incompatível, pelas veredas do Incongruente, lançar mão de exegeses alegóricas. *Decifra-me, ou...* Ah, deus trágico irreconhecível! Estamos, todos, condenados a caminhar sempre à sorrelfa pelos sumidouros do próprio eu? Impossível viver alheio às circunstâncias? Rei Revés? Todas as coisas aparentes são apenas reações a outra coisa qualquer? Possivelmente dedilha viola invisível: inventa trilha sonora do Desdém, da Solidão abissal. Jeito agora é percorrer essa inexorável viagem pelos caminhos da mnemônica? Driblar horas e dias e semanas e meses chamando à memória obras meritórias? E as claudicâncias e os deslizes e outras inclinações da alma? Afundá-los nas águas do rio do esquecimento? Obliterar? Ah, impossível fechar totalmente os olhos para as convenientes deficiências evocatórias de nossa personagem: o próprio narrador desta miniepopeia vive tentando se precaver (inútil) de suas próprias contradições; ainda não aprendeu a eliminar, no nascedouro, as próprias antinomias

— às vezes inescrupuloso consigo mesmo. Ah, Sófocles! Ah, Eurípides! Será que Rei Revés está neste momento, entre quatro paredes, tentando-procurando acariciar seus próprios mortos invisíveis, acocorados num canto, carentes de apalpamentos? Ou seria ele mesmo agora seu espectro ameaçador, dentro desse espaço exíguo, cujo nome é desesperação? Nossa personagem seria como aquele deus grego que escapava a todas as definições, revestia todos os aspectos sem se deixar encerrar em nenhum? Leitor e autor e personagem — todos nós vivemos em estado constante de vulnerabilidade. Ah, menino-tabaréu: fácil entender seu possível apego às risonhas expectativas: deus trágico irreconhecível sempre foi desde o início presença entre aspas intangível, etérea — motivo pelo qual seria compreensível você aspirar já na meninice os bem-aventurados ares das Probabilidades. Entanto, eles, Sófocles e Eurípides, meus mestres, já sabiam, desde o Antes de quase todos os Antes, que é impossível cooptar o Imprevisível, aliciar o eventual. Ah, menino-tabaréu: deus trágico irreconhecível deveria ter dito, sussurrado neles seus infantes ouvidos que é impossível se confraternizar, tempo todo, com a Perspicácia. Ele possivelmente mostrou sobre aquele morro pretérito caminhões e multidões e almocreves e greves e sobressaltos e planaltos e poderes e excederes e emboscadas e derrocadas. Enterrar os mortos, próprios-prematuros-precoces mortos... Ah, Sófocles! Ah, Eurípides! Ajudem autor quase-epopeico a encontrar a chave deste mistério: perscrutar meandros e sumidouros da alma dessa enigmática, esfíngica personagem; esquadrinhar os recônditos dele Rei Revés. Ah, magnífico Jorge de Lima, oportuna sua inesperada intromissão psicográfica: E, quando me resta uma única migalha, reconstituo-te como uma catedral, e alimento-te como uma criança. Ah, menino-tabaréu! Deus trágico irreconhecível poderia ter dito, sussurrando neles seus infantes ouvidos que havia alguma chacota dentro do sorriso dela, Sorte, que desde o início se obstinou em favorecer suas andanças em direção ao Êxito. Revezes... Revezes... Revezes... Narrador desta miniepopeia sempre se inquietou, se aparvalhou diante deste substantivo desditoso. Revezes: enriquecem biografias, empobrecem epitáfios. Ah, Rei Revés! Possivelmente, agora, entre quatro paredes, você ouve vozes, sussurros plangentes deles seus próprios-precoces mortos transgredindo as leis do Razoável; possivelmente espaço seja exíguo demais para tantos compungimentos póstumos. Ah, Sófocles! Ah, Eurípides! Não deixem que palavras deste autor-quase-epopeico caminhem sonâmbulas, a trouxe-mouxe pelas nebulosas entrelinhas do Incógnito — frases não podem andar às apalpadelas procurando inútil decodificar-decifrar a anatomia de personagem possivelmente à procura de seis autores. Não são apenas os poemas, poeta, as grandes histórias também ainda permanecerão inéditas. Enterrar os mortos, os próprios-precoces mortos... Ah, menino-tabaréu! Entendo: foi impossível estancar o tempo sobre o chão sobre o qual possivelmente espreitava aquela arapuca para pegar passarinho; sobre aquele possível galho de mangueira; sobre as possíveis águas daquele pequeno-improvisado riacho; no fundo daquele possível casarão abandonado dentro do qual você possivelmente trocou beijos furtivos com sua primeira-proibida Julieta igualmente longínqua. O tempo anda-tresanda e vivemos vida toda sob a preponderância das invisíveis transmutações do Acaso. Agora? Entre quatro paredes, dentro das quais desaguam caudal de pretéritos, de impetuosas reminiscências. Ah, Letes! Providencial Letes! Seria sensato deixar que algumas-muitas incorreções se afundassem de vez nas suas águas do esquecimento? Ah, Sófocles! Ah, Eurípides! Ajudem autor desta miniepopeia a transitar imparcial-impávido sobre estas páginas quase-épicas; deixe narrador se debruçar condescendente sobre os mortos, os próprios-precoces mortos de sua personagem para possivelmente vislumbrar as profundezas místicas dos fogos-fátuos. Ah, poucos-possíveis-prováveis leitores! Sabemos todos da dificuldade de transitar nas funduras da genealogia das inumeráveis Ausências. Ah, palavras nômades tecedoras de frases errantes! Narrador desta miniepopeia precisa das bússolas de Sófocles, de Eurípides para determinar direções horizontais-imparciais de sua agora desalentadora personagem. Difícil decodificar o voo de certas aves abstrusas agourentas que emperram-embaraçam nossos caminhos de aparências alvissareiras. São tantos-múltiplos e variados e alados os Indícios passeriformes. Ah, menino-tabaréu! Nem mesmo aquela chama, aquela quentura solar daquela sua cidadela longínqua conseguiria estorricar derrocadas pósteras — impossível apalpar conglomerados de amanhãs. Ah, menino-tabaréu: aqueles Anuns na Bandeira, voando para o alto representam exatamente sua trajetória buscando-conseguindo alçar voos elevados. Entanto, hoje... Rei Revés ao rés do chão — entre quatro paredes. Anuns... estão no símbolo máximo de representação dela sua cidadela, menino-tabaréu: Três Anuns. Ah, Sófocles! Ah, Eurípides! Não deixem autor desta miniepopeia entrar demais, avançar as fronteiras das particularidades explícitas — sabemos todos, narrador, leitor e personagem, que é sempre aconselhável adestrar a Imprudência com os eflúvios da Sobriedade. Ah, Sófocles! Ah, Eurípides! Não deixem que narrador desta miniepopeia se refugie no Inalcançável, no Imperceptível, no Intangível; não deixem que suas palavras se multipliquem em seus próprios caracteres perfunctórios criando frases carentes de integridade. Ah, Rei Revés! Agora, entre quatro paredes, você possivelmente esteja arraigado nos longínquos, tentando, inútil, apalpar pretéritos triunfantes; possivelmente se refugiando nas neblinas contagiosas do Inolvidável; cedendo, talvez, subserviente, deixando-se subornar por essa entidade abstrata, ectoplásmica, cujo nome é Saudade. Possivelmente pensando que agora, sim, vai começar a verdadeira perigosa travessia? Autor desta miniepopeia às vezes se constrange, mas precisaria saber se ela, sua angustiada-solitária personagem não teria antecipado demais o logo-ali-adiante caminhando em ritmo acelerado, fazendo ouvidos moucos aos contrafluxos do Acaso? Ignorando vozes contradizentes aos apelos contraditórios? Ah, Sófocles! Ah, Eurípides! Sabemos todos que é impossível arregimentar para consumo próprio todas as Virtudes Teologais. Entretanto... Há sempre um Entretanto atravancando nossos caminhos. Enterrar os mortos, próprios-precoces mortos. Ah, tenebroso demais esse assombroso-eterno silêncio deles, nossos próprios-precoces mortos. Autor desta miniepopeia gostaria de ajudar abafando com suas próprias palavras esse ruído fúnebre que possivelmente atormenta nossa personagem — possivelmente agora cabisbaixa entre quatro paredes. Ah, Sófocles! Ah, Eurípides! Seria justo dizer agora que ele Rei Revés não vai nunca-jamais se acostumar com os solavancos do Imprevisível e com a insaciável abastança do Descaso? Eurípides talvez responderia perguntando: Ah, Zeus! Por que deste às humanas criaturas recursos para conhecer se o ouro é falso, e não puseste em nosso corpo marcas que nos deixassem distinguir os bons dos maus? Deduzimos-supomos, menino-tabaréu, que seus dias pósteros foram muitas vezes esplêndidos e longos e fluorescentes e predominantes e preponderantes. Entretanto... Os insuportáveis-nefastos Entretantos interpondo obstáculos à passagem dos deuses auspiciosos. Ah, os acontecimentos infelizes, as desgraças, as catástrofes, os infortúnios... Narrador desta miniepopeia sempre se inquietou com certo substantivo feminino atafulhado de dissabores — Intempérie. Ah, menino-tabaréu: aquele outro deus, o trágico e irreconhecível, possivelmente sempre se aconchegou faceiro nesse calamitoso proparoxítono: Intempérie... Ah, Rei Revés! Dias ficaram semelhantes àquela poção de éter que de repente foge ao controle da tampa do frasco? Ficaram de súbito desapegados às risonhas expectativas? Esses dias te farão nascer e morrer ao mesmo tempo — diria Sófocles. Autor desta miniepopeia às vezes sente dificuldade, não consegue lidar com o incalculável, com o imprevisível, com aquilo cujo efeito pode ser determinante — o Imponderável. Ah, menino--tabaréu! Aquele deus trágico irreconhecível jamais falaria, jamais sussurraria neles seus infantes ouvidos sobre as tramas e as rabulices e as trocas e baldrocas dessa entidade abstrata, cujo nome é: Imponderável. Possivelmente não disse que a vida é atulhada de empreitadas perigosas? Que às vezes a flecha se volta contra quem a dispara? Rei Revés? Agora recluso entre quatro paredes vivendo tempos ressecados se afundando inquieto nos vazios infinitos? Diante da preponderância do Imprevisível? Virando agora contra a parede espelho imaginário para não ver inesperada súbita carapuça de pícaro? Inquieto agoniado diante desse acúmulo-sequência de mortos, próprios-precoces mortos? Ah, Sófocles! Ah, Eurípides! Será que apenas--somente aqueles três Anuns, heroicos Anuns, poderiam sair sorrateiros de dentro daquele símbolo máximo daquela cidadela para resgatar seu proeminente concidadão? Voo místico? Façanha alada? Anuns! Anuns! Anuns! Ah, possíveis-prováveis aves libertadoras: vocês já estão movimentando suas asas-prólogo da liberdade? Agora vivendo nos tremulares da bandeira, seus voos geram nuvens? Seus olhares abarcam a distância à semelhança de Zeus? O vento é o monumento de suas vitórias? Conhecem todos os esplendores do Cosmo? Todas as topografias de todas as eternidades? Todas as rubricas de todos os raios? Conhecem os rodopios transcendentes da vertigem da Liberdade? As vísceras da Subjetividade? Não, ninguém poderá ser impedido de querer-tentar arregimentar sonhos alados — sim, senhora Tsvetáieva: o poeta, em seus sonhos, descobre a lei das estrelas e a fórmula da flor. Ah, menino-tabaréu! Ainda ouço-imagino o som abafado de seus infantes sussurros sobre o morro daquela cidadela: chegarei lá, no pícaro, no pináculo, no topo, no vértice do Promissor. E chegou... e tudo acabou e tudo fugiu e tudo mofou. E agora, Rei Revés? Sem discurso, sem carinho... E agora? Ah, Sófocles! Ah, Eurípides! Autor desta miniepopeia precisa-deve transitar a todo instante pelos becos e sumidouros do Reconhecimento — motivo pelo qual precisa--deve reconhecer que para ela, nossa personagem, nunca houve parcimônia no amparo aos desvalidos: sua solidariedade rechaçava recuos. Entretanto... malditos-trágicos-traiçoeiros Entretantos! Agora? Entre quatro paredes — enterrando os mortos, próprios-precoces mortos? Espaço exíguo e seus possíveis-prováveis ruídos assombrosos? Ah, Sófocles! Ah, Eurípides! Será que esses mortos todos, os próprios-precoces mortos, estarão espalhados nos quatro cantos dessas quatro paredes velando nossa desesperada-desesperançada personagem? Será que aquele menino-anjo de cabelos encaracolados está agora brincando-chutando--jogando bola de futebol invisível com ele Rei Revés? Ah, Sófocles! Ah, Eurípides! Vocês, meus ilustres mestres, apenas-somente vocês saberiam entrar nos escaninhos, nos sumidouros dessa tragédia íntima: autor desta miniepopeia não conhecerá nunca-jamais tantas inúmeras palavras--escafandro. Entanto, é possível reconhecer que o Acaso sempre encontrou pretexto para enredar todos nós nos Empecilhos, nos levando sempre para o restrito-incômodo terreno das Vulnerabilidades — tropeços ignoram figuras de Retórica. Ah, menino-tabaréu, natural da cidadela dos Anuns! Aquele deus trágico irreconhecível, cioso dos seus secretos desígnios, possivelmente não sussurrou neles seus infantes ouvidos dizendo que nunca seria possível querer viver, ficar acocorado, imóvel, no porão do tempo — impossível frustrar, para entretenimento próprio, o daqui-a-pouco, o depois-de-amanhã. Ah, senhora Akhmátova, que interrupção épica-abrupta-magistral: talvez, mais do que o necessário, te aconteça de relembrar o sorriso destes versos que se acalma e este olhar que oculta, bem lá no fundo, no tremor do seu silêncio, uma coroa de enferrujados espinhos. Ah, menino--tabaréu: deus trágico irreconhecível possivelmente esqueceu de sussurrar neles seus infantes ouvidos dizendo que a alma humana é cano de chaminé atafulhado de ferrugem; o mundo, navio carvoeiro. Será que um dia você leu sem saber sua própria vida futura-distante num livro infantil? Sim: *Era uma vez um rei...* Ah, senhor Octavio Paz: o mito é um passado que é um futuro disposto a se realizar num presente? Ah, Sófocles! Ah, Eurípides! Vocês que escarafuncharam almas-trágicas-

-edipianas, por favor, não deixem narrador desta miniepopeia se descambar para o caricaturesco e espampanante caminho das Dissimulações; não deixem que suas palavras se tornem tempo todo reféns do Hipotético; não permitam que autor-quase-epopeico tente, ingênuo, pretender adestrar uma dezena de mistérios com seu chicote incognoscível — Rei Revés? *Decifra-me ou...* Possivelmente agora chamando à memória pretéritos plenos, autoridade máxima. Ilusão do Absoluto? Procurando redenção de si mesmo? Ah, menino-tabaréu! Deus trágico irreconhecível poderia ter pronunciado-premonitório em seus infantes ouvidos, este substantivo masculino: TUTUMUMBUCA. Hoje? Convivendo entre quatro paredes com sombras, silhuetas dos mortos, próprios-precoces mortos; pensamentos prenunciando outras catástrofes? Autor e poucos-prováveis-possíveis leitores, todos, não poderíamos nos precipitar atribuindo à nossa personagem traços psicológicos alarmistas: não saberíamos se seus vulcões personalizados viveriam agora em permanentes erupções. Aconselha-se a não lançar mão (nesta miniepopeia) de maledicências-bumerangues —

devemos nos entregar tempo todo às reflexões. Não podemos, afoitos, colecionar abstratos; transgredir as leis do Discernimento. Entanto, não seria difícil-impossível para autor e poucos-possíveis leitores decodificar provável catálogo de impropérios dela nossa inquietante personagem — vivendo reclusa entre quatro paredes; sensação de que todos os vocábulos que emergem de dentro daquele cáustico-claustro estejam coagulados de sangue: seria possível decifrar essas algaravias belicosas. Ah, Rei Revés! Vamos pedir outra vez auxílio para nossa magistral Akhmátova: assim como o futuro amadurece no passado, o passado apodrece no futuro — terrível festival de folhas mortas. Ah, Rei Revés! Deverá ser tenebroso demais ouvir tempo todo entre quatro paredes os uivos ensurdecedores dos deuses dos Desconcertos. Antes, nos pretéritos-recentes? Sempre seguindo se guiando pelos ventos propícios às Dominâncias, às Supremacias; sempre seguindo as trilhas pavimentadas com a mistura substanciosa-triunfante do Poder. Agora? Precisa viver-sobreviver apenas com a partícula do muito-pouco. Ah, Sófocles! Ah, Eurípides! Somos nós mesmos nossa nau desarvorada? Nosso próprio barco aturdido nas águas da Inquietude? Nosso próprio veículo desgovernado numa estrada em declive? Narrador desta miniepopeia e poucos-possíveis-prováveis leitores poderiam olhar uns nos olhos dos outros que possivelmente não veriam nenhum pressuposto, nenhuma conclusão antecipada: entanto, é possível saber que nossa personagem vive agora entre quatro paredes transitando nas veredas gramaticais das reiteradas inquietudes. Ah, Sófocles! Ah, Eurípides! Seria possível autor vez quando, incauto, se preocupar demais com a própria personagem? Sugerir, por exemplo, que ela se deixasse aliciar pelo desmemoriamento, se persuadisse pelo oblívio? Dependesse de vocês, Antígona não teria sido enterrada viva? Édipo não teria furado os próprios olhos? Ah, Rei Revés! Os libertadores Anuns! Dia qualquer numa noite qualquer aqueles três Anuns possivelmente sairão daquela longínqua bandeira para resgatar você — empreitada-heroico-passeriforme. Deus trágico irreconhecível talvez diria que tal façanha seria possível depois de muitos-milhares de dias e noites e depois de um caudal quase-infinito de lágrimas. Autor, mais uma vez incauto, parcial, diria que os deuses estão mortos. Ah, Sófocles! Ah, Eurípides! Não deixem que narrador desta miniepopeia se atreva a querer ouvir o eco desmesurado do Sempre; a querer afagar prematuro as surpreendências do Daqui-a-pouco. Ah, mestres trágicos: não temos poder para retirar o látego do flagelo. Poucos-possíveis-prováveis leitores, não sabemos ainda, mas vocês, poetas mágicos da tragédia já perceberam as quase-sempre indisfarçáveis limitações cognitivas deste autor-quase-epopeico; já perceberam que palavras-frases transitam tempo todo entre sarabanda de incógnitos; que narrador caminha sorrateiro pelas páginas quase-todas absorvido pelo prazer trágico. Ah, menino-tabaréu! Deus trágico irreconhecível possivelmente não sussurrou, não disse baixinho neles seus infantes ouvidos dizendo que um dia, muitos e muitos anos depois, menino feito você, mas de cabelos encaracolados, num gesto abrupto inesperado da Fatalidade, deixaria você agora Rei Revés para sempre. Arruinar o rosto com o fogo de muitas lágrimas. Sim, Swinburne: e o mistério que há na crueldade das criaturas? Ah, Rei Revés! Dias dilacerantes

— entre quatro paredes, entre todos os mortos, próprios-precipitados mortos. Letes! Letes! Letes! Impossível afogar de vez nessas águas do esquecimento todas as nossas dores e todas as nossas falhas e todos os nossos acertos e todas as nossas maldades e todas as nossas benemerências e todas as nossas traições e todos os nossos heroísmos e todas as nossas generosidades e todos os nossos desvios. Ah, menino-tabaréu: não poderemos não conseguiremos nunca-jamais perpetuar o Alento; os Desvanecimentos, sim, quase sempre ultrapassam as colunas de Hércules. Ah, Rei Revés! Será que poderia existir numa dessas quatro paredes espelho que pudesse mostrar uma quase-esperança amarfanhada-encarquilhada? Reflexo afeito aos Despropósitos? Narrador e poucos-prováveis leitores desta miniepopeia sabem como é difícil lidar tempo todo com as próprias desarrumações existenciais; sabem como é ainda mais difícil criar estratégia geográfica para driblar os Desarrazoados externos. Entanto, não é nada difícil para narrador e poucos-prováveis leitores saber que esse possível espelho não iria nunca-jamais refletir nenhum incontido riso-resignante de nossa buliçosa personagem. Ah, Rei Revés! Autor desta miniepopeia não poderia deixar de perguntar para si mesmo: Será que nossa personagem, agora, entre quatro paredes, entra fundo nos próprios meandros, nos próprios escaninhos? Ou quer tramar tudo consigo mesmo para enganar o próprio Mal-Entendido, escondendo-se atrás do escudo da conveniente Obliteração? Ah, Sófocles! Ah, Eurípides! Uma palavra basta para construir ou destruir o destino de um ser humano. Ah, menino-tabaréu! A despeito da presença entre aspas etérea dele deus trágico irreconhecível, você, possivelmente, nunca reduziu a estilhaços a decisão prévia ao Entusiasmo; nunca favoreceu o predomínio do Desconsolo; possivelmente já havia visto, premonitório, daquele morro sobre o qual dezenas de Anuns movimentavam asas — sim: já havia deslumbrado sua futura morada numa superfície elevada e plana e poderosa. Agora? Rei Revés ao rés do chão, entre quatro paredes — barco-das-quase-ínfimas-probabilidades abarcando todos os cantos do Desconsolo. Vivendo hoje a ingratidão dos pretéritos atafulhados de múltiplas possibilidades? Ah, Sófocles! Ah, Eurípides! Como apascentar esse rebanho de Imprecisões? Como esconjurar o Escárnio do Destino que agora orbita nossa ambígua-atordoada personagem? Ah, inconsolável dor: aquele menino-anjo de cabelos encaracolados voltará nunca-jamais. Ah, Sófocles! Ah, Eurípides! Seria possível, ou seria precipitado demais vislumbrar aqui destas precoces-distantes páginas, afoitas páginas, traço qualquer, pequeno-ínfimo sintoma de desatino nela nossa personagem? Será que ele Rei Revés já estaria tentando hipnotizar as ambiguidades da própria razão? Já teria começado a se assustar com o timbre sonoro do Descabido? Ah, meus autores trágicos preferidos! Não deixem narrador desta miniepopeia se asfixiar numa atmosfera de incerteza, apressurar-acelerar conjecturas; se envolver nas malhas dos próprios tatibitates. Autor-quase-epopeico estaria se transformando aos poucos num colecionador de pressupostos? Transformando Rei Revés num fetiche? Será que tudo nesta narrativa estaria tendo aos poucos valor diletante? Narrador já teria cedido à antropologia dos arautos das reiteradas especulações? Ah, menino-tabaréu! Necessário-indispensável perguntar se você já teria lançado mão de bodoques para matar pássaros? Anuns? Aqueles de bicos muito fortes e caudas muito longas e graduadas e de coloração preto uniforme? Hem? Esses mesmos que poderiam resgatar, livrar Rei Revés do ônus do Desamparo Indeterminado? Hem? Teria matado? Ah, Sófocles! Ah, Eurípides! Não somos ornitólogos, mas poderíamos falar sobre a possibilidade de uma vendeta passeriforme? Sim, mestres trágicos: melhor jogar-afundar de vez essas indagações espinhosas nas águas do Esquecimento? Ah, menino--tabaréu: deus trágico irreconhecível esqueceu de sussurrar neles seus infantes ouvidos dizendo que os passos são precursores dos tropeços. Entanto, sabemos que você sempre soube de moto-próprio que o desânimo-a-priori é contemporâneo do Desfavorável; conheceu de perto os arranjos e as combinações e as disposições da Carência — sintaxe da Miséria. Ah, Sófocles! Ah, Eurípides! Sabemos que é difícil, quase impossível, vida toda caminhar sem escamotear Desígnios, sem se esquivar dos Intuitos, sem acalentar os Fortuitos. Ah, Rei Revés! Você acorda vez em quando, de madrugada, aos sobressaltos, interrompendo abraço festivo daquele menino-anjo de cabelos encaracolados vindo desabalado em sua direção? Ou seria a tal ilusão dos sentidos? Ah, Noites tenebrosas, possivelmente possibilitando nossa personagem a transitar a qualquer momento ali entre os becos obscuros do Destrambelho? Ah, Sócrates! Ah, Eurípides! Não deixem que as frases desta miniepopeia se acostumem com os solavancos do Imprevisível; não permitam que elas caminhem tempo todo sob a preponderância das invisíveis transmutações do Acaso. Ah, mestres trágicos! Não deixem que autor-quase-epopeico se precipite querendo-tentando apalpar, ingênuo, os incógnitos anímicos de sua possivelmente imperscrutável personagem. Mesmo assim peço licença para perguntar, com um só esforço, aos senhores Kierkegaard e Novalis: Rei Revés neste exato momento desespera-se de si próprio? Sente-se o mal-estar lógico da não-verdade? Palavras desta miniepopeia possivelmente se movimentarão tempo quase todo, nestas imprecisas páginas, num campo no qual a dúvida será uma constante. Entanto, em alguns momentos se deixarão dominar pelos sentimentos; noutros, pelo ceticismo — autor desconfia que suas próprias palavras ficam tempo quase todo em estado de irresolução para possivelmente substanciar o desenvolvimento da ação dramática. Sim, poeta, somos joguetes das circunstâncias. Ah, Sófocles! Nossa personagem entre quatro paredes, também, à semelhança de Antígona, está impossibilitada de dissipar as sombras do terror à sua volta? Mesmo assim, feito ela, filha de Édipo, é incapaz de se curvar diante da desgraça? Condenada a viver entre os mortos, os próprios-precoces mortos? Vivendo solidão perniciosa? Ah, senhora Arendt: poderíamos dizer que Rei Revés está suspenso entre um não-mais e um ainda-não? Narrador desta miniepopeia e os poucos-prováveis leitores, todos, poderiam supor-deduzir que nossa personagem vive horas longas, tépidas, inquietantes, lamurientas? Ah, Eurípides! Nem Tirésias tampouco os arúspices assírios poderiam prever desfecho tão funesto. Será que nossa possivelmente desesperada personagem poderia se jogar a qualquer momento no umbral da Desesperança Absoluta? Será que ela poderia se aliar de vez às deusas desconcertantes da Derrocada Definitiva? Será que bem-aventurança se desvencilhou de vez dela? Ah, Rei Revés! Como fugir deste silêncio evocador dos mortos, próprios-precoces mortos? Ah, quatro paredes tecedoras implacáveis de horas insípidas — lugar no qual os instantes são inúteis; os momentos, ocos; lugar exíguo onde nossa personagem não encontra espaço para criar-transmitir relatos lendários sobre si mesma? Lugar no qual não há espaço para ritos expiatórios? Para apaziguar Potências terríveis-invisíveis? Ah, menino-tabaréu: deus trágico irreconhecível possivelmente não sussurrou neles seus infantes ouvidos dizendo que no futuro, pouco tempo depois do futuro promissor, você viveria período entregue à cegueira do Acaso, ao paroxismo cru do Infortúnio Diabólico. Anuns! Anuns! Anuns! Vocês três não deveriam exercer atos de vingança, ajustar agora contas pretéritas com aquele menino-tabaréu — deveriam se desfazer, provisórios, dos laços do símbolo máximo daquela cidadela para resgatar seu concidadão de grande projeção? Ah, Sófocles! Ah, Eurípides! Vejam vez em quando o narrador desta miniepopeia com os olhos da Tolerância: sabemos que autor deveria nunca-jamais proteger, manifestar-se a favor dela sua própria personagem. Ah, mestres trágicos! Palavras às vezes se transformam, nestas indecisas frases, em duendes infernais para embaralhar as ideias deste autor-quase-epopeico, que já vivem no umbral do Delírio. Palavras rastreando o sem-sentido? O contrassenso? Será que Rei Revés, possivelmente de cócoras, entre quatro paredes, recolhe agora cacos de si mesmo? Será que evitaria olhar possível espelho para não ver sua própria estranheza? Para não perceber que estaria se tornando desconhecido de si próprio? Que estaria se fazendo perder aos poucos a própria parecência? Rosto despedaçado? Será que evitaria olhar num possível espelho para não ver-perceber num pot-pourri visual todos os seus eus da vida toda? Sim, Sêneca: onde há alturas, há abismos. Será que ele Rei Revés às vezes pensa em morrer? Narrador desta miniepopeia e poucos-prováveis leitores, todos, sabemos que a Morte, prestidigitadora, atravessa tudo — inclusive paredes; sabemos que o Desconhecido inquieta; que é impossível enfrentar o que nunca mostrou milímetro sequer de sua vulnerabilidade: inimiga que chega uma única vez para inexorável vencer a contenda; não há nada mais conciso e objetivo e implacável do que ela — a Morte. Ah, menino-tabaréu! Deus trágico irreconhecível possivelmente não sussurrou-falou neles seus infantes ouvidos que nem mesmo os estoicos estão livres do conjunto dos desprazeres que assolam o ser humano. Ah, Sócrates! Ah, Eurípides! Vocês que sempre entraram sem-cerimônia no subsolo da alma humana saberiam dizer se nossa inquieta personagem poderia sucumbir ao desejo de cortar o fio da própria vida? Ah! Só é possível conhecer a si mesmo em absoluto diante do patíbulo. Narrador desta miniepopeia e poucos-prováveis leitores presumem que deverá ser angustiante viver tempo quase-inteiro esgrimindo-se com o desejo de deixar tudo-todos — de moto-próprio. Ah, menino-tabaréu! Deus trágico irreconhecível possivelmente não sussurrou neles seus infantes ouvidos dizendo que somos feitos de argamassa de duvidosa procedência; que somos impotentes diante das surpreendências da vida. Ah, Rei Revés! Autor-quase-epopeico sabe que agora, entre quatro paredes, você carece do tato, do acalanto daquele menino-anjo de cabelos encaracolados que voltará nunca-jamais. Enterrar os mortos, próprios-precoces mortos. Vida interior dele Rei Revés tornou-se mal-assombrada? Ah, Sófocles! Ah, Eurípides! Narrador indeciso desta miniepopeia precisa perguntar se esperança dele Rei Revés às vezes se desvanece em toda a sua inteireza, naufraga sem possibilidade de resgate, se está perdendo de vez o thumus, o sopro final? Será que ele Rei Revés apascenta o desespero chamando à memória tempos-pretéritos-promissores? Tempos dentro dos quais reinava absoluto? Ah, menino-tabaréu! Deus trágico irreconhecível possivelmente não sussurrou neles seus infantes ouvidos dizendo que você, descendente de Tântalo, viveria, num futuro distante, num quarto-desamparo, lugar no qual os desalentos iriam se sobrepor uns aos outros, ouvindo o canto terrível das Parcas. Entanto, supomos que você, na meninice, ainda na cidadela dos Anuns, já havia nascido propício aos triunfos venturosos; já entendia-decifrava com sua sabedoria infantil a mímica do Alvissareiro; já colecionava, sem saber, aplausos vindouros, aclamações pósteras. Ah, Homero! Seria possível retirar nossa personagem destas insignificantes páginas e removê-la para a Ilha dos Lotófagos?

Seria possível deduzir, lançando mão de imparcialidade absoluta, que ele Rei Revés, ao contrário de Ulisses, comeria as tais flores do esquecimento e nunca mais voltaria? Ah, Sófocles! Ah, Eurípides! Não deixem narrador desta miniepopeia transitar outra vez feito agora pelos espinhosos-inconvenientes becos e sumidouros e escaninhos do Escárnio, do Sarcasmo, da Zombaria. Anuns! Anuns! Anuns! Seria inconstitucional Símbolos saírem provisórios da própria Bandeira para empreender tarefas heroicas? Será que seus voos serão obstruídos por insensatos ventos contrários? Vocês que agora vivem nos tremulares da própria bandeira conhecem as configurações de todos os estilos de todas as Tempestades? Decodificam todos os inarticulados estrondos de todos os trovões? Entram nas entranhas dos sussurros de todas as nuvens? Conhecem signos-sons de todos os redemoinhos? Possivelmente conhecem também os poucos-prováveis incompreensíveis camuflados nos Indubitáveis? Conseguem (à semelhança dos Kazares) entrar e interferir nos sonhos dos outros? Sabem deslindar-destecer estranhezas? Conhecem todas as insígnias da Perplexidade? Narrador-quase-

-epopeico ainda não consegue apalpar silhuetas da Transcendência, tampouco acariciar os contornos do Incognoscível — motivo pelo qual não levará em consideração as próprias-anômalas perguntas, esperando que poucos-prováveis-possíveis leitores façam o mesmo. Ah, menino-tabaréu! Deus trágico irreconhecível possivelmente não sussurrou neles seus infantes ouvidos dizendo que num futuro distante, entre quatro paredes, não haveria procissão expiatória que pudesse dar jeito nele seu rosário de perdas. Ah, Sófocles! Apenas o tempo nos ensinará a conhecer com segurança estas verdades? Dura é a aprendizagem do tempo, por que é na queda que ela opera? Rei Revés, à semelhança de Édipo, poderia agora, entre quatro paredes, reflexivo, imparcial consigo mesmo, estar à beira da catástrofe que seria conhecer sua própria-verdadeira identidade? Poderia ser réu da sua própria sentença? Estaria tempo todo entre quatro paredes dizendo falácias, lançando mão de recursos emocionais, simbólicos sobre ele para ele mesmo? Rei Revés retórico? Narrador desta miniepopeia possivelmente estaria ultrapassando os umbrais do bom senso, dizendo-desenfronhando disparates querendo-tentando comparar reis díspares, dessemelhantes, desiguais? Entanto, Sófocles, mestre Sófocles! Deus trágico irreconhecível furou entre aspas os olhos dele Rei Revés para que pudesse nunca-jamais ver aquele menino-anjo de cabelos encaracolados. Ah, mestre trágico! Nossa personagem, à semelhança de Édipo, possivelmente também quer saber a verdade sobre si mesma, entre quatro paredes — sua minúscula ilha de Naxos, lugar da obsessão circular, de onde ninguém sai, tudo ostenta a morte. Ah, Rei Revés! Agora tentando talvez apalpar invisível-sombrio labirinto implorando inútil a presença de uma inexistente Ariadne? Ah, menino-tabaréu: deus trágico irreconhecível possivelmente esqueceu de sussurrar neles seus infantes ouvidos dizendo que, à semelhança da filha de Minos, seu destino seria duplo desde o início. Ah, Musas Olímpicas! Concedam ao narrador desta miniepopeia inspiração divina para contar-cantar com retidão o presente, o futuro e o passado dela nossa quase-sempre abstrusa personagem; não deixem que as frases desta miniepopeia se acostumem, se afeiçoem às incoerências inesperadas; não permitam que elas estreitem relações com a perversão do raciocínio, com argumentos aparatosos: palavras deste autor-quase-epopeico precisariam-deveriam apontar razões, indicar várias faces sob as quais seria possível enfrentar uma questão. Ah, Musas Olímpicas! Narrador desta miniepopeia vive tempo quase todo marchando para o desconhecido, resvalando sobre o perigoso-pantanoso caminho das Hipóteses. Ah! Menino-tabaréu: aquele deus trágico irreconhecível possivelmente esqueceu de sussurrar neles seus infantes ouvidos dizendo que sabemos contar mentiras várias que se assemelham à realidade. Possivelmente não teria dito por que não teria lido Hesíodo. Ah, deuses venerados-achavascados! Ah, Sófocles! Ah, Eurípides! Livrem narrador desta miniepopeia das palavras patranheiras, das frases falazes; ajudem autor-quase-epopeico a encontrar-ouvir o verdadeiro som da polifonia da natureza dela sua personagem. Poucos-prováveis leitores deveriam entender a incompletude epopeica desta narrativa, cujas palavras caminham tateando entre os sombrios e metafísicos corredores das Ambiguidades. Narrador desta miniepopeia e poucos-possíveis leitores, todos, sabemos da dificuldade de decodificar a geografia da Posteridade. Ah, Rei Revés! É possível ver-deslumbrar daqui destas indecisas páginas seu caminhar solitário, entre ao Acaso, entre quatro paredes; é possível imaginar que lembrança dele menino-anjo de cabelos encaracolados se perpetue na sombra insistente que aparece-desaparece aí na parede nos momentos rememorativos. Sófocles, Eurípides, narrador, personagem e poucos-possíveis leitores, todos, sabemos que é difícil encontrar serenidade na dor; difícil viver entre quatro paredes querendo-tentando inútil se ancorar nos próprios monólogos interiores; difícil viver num lugar sombrio onde se prescinde de oráculos — qualquer resposta sucumbiria às armas da obviedade; difícil viver num cômodo fúnebre com espaço de sobra para elegias desesperadas. Ah, Sófocles! Ah, Eurípides! Será que sequer ela mesma nossa personagem ouve seus próprios balbucios? Será que está se tornando aos poucos refém dessa aliciadora do desconsolo, matriz das horas ocas, cujo nome é Melancolia? Será que mais cedo mais tarde vai carecer dos gestos filantrópicos da Resignação? Vai reconhecer que em alguns momentos viveu enxovalhado pelas anomalias e seus apetrechos alquímicos? Ah, mestres trágicos! Não deixem narrador desta miniepopeia confranger-subjugar sua personagem vivendo agora momentos de indisfarçável vulnerabilidade. Sim: não conspira quem nada ambiciona. Ah, Rei Revés! Autor-miniepopeico é também sua própria turbidez; muitas vezes se sente deslocado nela sua própria narrativa; se constrange em tropeçar tempo quase todo em hieróglifos; em se esconder nas entrelinhas apagando os próprios rastros; entanto, caminha resignante para possivelmente esbarrar a qualquer momento numa página indeterminada a silhueta o perfil o contorno da Verdade — mesmo sabendo da quase-impossibilidade de existir realidade plena nesta narrativa de aparência biográfica. Ah, menino-tabaréu! Deus trágico irreconhecível possivelmente esqueceu de sussurrar neles seus infantes ouvidos dizendo que somos todos irmãos siameses; todos capazes de atitudes de extrema mesquinharia — levasse seriamente nossa própria pequenez, viveríamos às escondidas disfarçando nosso constante ruborescimento. Narrador desta miniepopeia, ao contrário deles mestres trágicos, não consegue transformar sua peça literária numa profunda análise da natureza humana em suas diversas facetas. Entanto, desconfiamos que a amargura dele Rei Revés, agora entre quatro paredes, resulta da vontade daquele agora redivivo deus trágico irreconhecível. Ah, Sófocles! Ah, Eurípides! Não levem em conta amiudados delírios místicos do narrador desta miniepopeia — conflito entre equilíbrio racional e exaltação mitológica. Narrador-quase-épico ocupa-se quase sempre de supostos-intangíveis momentos de personagem reclusa numa enxovia imperceptível — principalmente destas longínquas-dissimuladas páginas. Autor-quase-epopeico ocupa-se quase sempre com escassos fragmentos de personagem enigmática, heterogênea. Ah, menino-tabaréu! Você viu, sabemos-intuímos que você viu, premonitório, sobre o morro daquela cidadela dos Anuns sua futura-provisória morada naquelas distantes altiplanuras. Hoje? Rei Revés ao rés do chão — possivelmente descendo à gruta de Trofônio? Vítima do Injusto? Do insolente declínio do Acaso? Difícil precisar quantidade exata de areia e água da argamassa com a qual nossa personagem ergueu seus tantos-múltiplos revezes. Ah, menino--tabaréu: deus trágico irreconhecível possivelmente não sussurrou neles seus infantes ouvidos dizendo que as honrarias são muito agradáveis, mas quando vem com elas todas os desgostos... Narrador e personagem e poucos-prováveis-possíveis leitores, todos, sabemos da impossibilidade de entoar, uníssonos, o canto guerreiro da verdade — brado sempre será desarmônico: prismas díspares. Ah, Sófocles! Ah, Eurípides! Não deixem narrador desta miniepopeia à margem, desamparado da lisura lexical; não deixem que as palavras deste autor-quase-epopeico se descambem ladeira abaixo pelos enganosos caminhos da Dissimulação biográfica; não deixem que elas as palavras transponham o limiar da Sensatez, não se naufraguem nas iníquas águas do Parcialismo; não deixem que autor-quase-epopeico esbarre a todo instante no impreciso, no insuficiente — mesmo sabendo que destas distantes páginas fica difícil--impossível configurar ausências, estabelecer-se diálogo com a Verdade Absoluta; não deixem que narrador desta miniepopeia transforme narrativa num amontoado de frases-névoas-de-espertezas.

Ah, Letes! Seria sensato você deixar que todas as possíveis-prováveis promiscuidades, todas as possíveis-prováveis impurezas de nossa personagem fossem naufragadas em suas águas do esquecimento? Ou seria justo deixar que aquele deus trágico irreconhecível deixasse que essas possíveis-prováveis mazelas entrassem fundo noutras águas — aquelas que novem o Moinho da Fatalidade? Ah, Sófocles! Ah, Eurípides! Não deixem narrador desta miniepopeia se envolver em contendas fluviais: deixem autor-quase-epopeico navegar nos serenos-hídricos caminhos desprovidos de parcialidade. Anuns! Anuns! Anuns! Será que apenas-somente vocês três poderiam resgatar nossa personagem daquelas quatro paredes submetidas ao arbítrio do Desconsolo e às tropelias do descaso das deusas dos Afagos? Será que apenas-somente vocês três, aves heroicas, poderiam resgatar Rei Revés, cujos dias possivelmente escarnecedores estariam levando talvez nossa personagem às funduras da Inquietude? Anuns! Anuns! Anuns! Não deixem tal empreitada destemida para as calendas gregas: o Destrambelho é muitas vezes abrupto chega num átimo não predetermina — Rei Revés agora vive num espaço exíguo no qual os eflúvios da lucidez talvez não deliberem? Lugar igualmente propício às lamúrias ocas? Onde nossa personagem vai possivelmente perdendo aos poucos o gênio intrépido o ânimo a afoiteza? Ah, menino-tabaréu: deus trágico irreconhecível esqueceu de sussurrar neles seus infantes ouvidos contando-falando da impossibilidade de desviar desígnios. Autor e personagem e poucos-prováveis-possíveis leitores, todos, sabemos que em algumas circunstâncias não é possível abrir mão de observações empíricas: narrador desta miniepopeia vez em quando se guia pela própria experiência. Sim, mestre: sofrer é o destino dos mortais. Ah, menino-tabaréu: deus trágico irreconhecível possivelmente não sussurrou neles seus infantes ouvidos dizendo que num depois do depois de muitos-milhares de depois você, agora Rei Revés, viveria essencialmente subordinado às bancarrotas; em permanente estado de aflição; que transitaria desesperado entre as quatro paredes-veredas do Dilaceramento. Ah, Sófocles! Ah, Eurípides! Hoje seria possível para nossa personagem se esquivar do Imponderável? Desiludir as setas severas do

Inexorável? Vivendo horas escassas? Ah! Narrador desta miniepopeia e seus subterfúgios sorrateiros dos Pressupostos! Rei Revés? Entre quatro paredes — baú-de-alvenaria atafulhado de Precariedades. Dias agora se oxidando a todo o vapor? Autor--quase-epopeico precisa perguntar se nossa personagem causou a si mesma envenenamento pela absorção de substância tóxica, cujo nome é Avidez? Ah, menino-tabaréu: deus trágico possivelmente não sussurrou neles seus infantes ouvidos falando--dizendo que é impossível apalpar Presságios. Ah, presumimos que as manhãs de desesperanças dele Rei Revés são imensas: talvez demorem dias seguidos para cumprir sua uma-única meta-matinal. Narrador desta miniepopeia precisa-necessita perguntar se não foram as deusas da Ambição que transformaram Rei Revés em penduricalho do próprio destino? Ah, sabemos que é difícil conhecer a posição de todos os acidentes naturais ou artificiais da alma humana: somos seres de topografia muito complexa. Ah, Sófocles! Ah, Eurípides! Não deixem autor-quase-epopeico tentar--procurar-querer (nestas indecisas páginas) se apropriar-liderar esse abstruso cortejo de incompreensíveis e todos os seus inumeráveis-ininteligíveis apetrechos — não confiem in totum no poder cognitivo-intuitivo do narrador desta miniepopeia: muitas vezes somos enganados pelas deusas tecelãs dos pressupostos das conjecturas das suposições. Ah, Tirésias! Você possivelmente saberia observar com antecedência, concluir sobre os prováveis voos desatreladores deles paladinos alados — sim: os intrépidos Anuns; essa revoada heroica seria sonho-vapor que se dissiparia nos ares? Sair dos tremulares seria transgressão mítica? Narrador desta miniepopeia estaria transformando esses pássaros numa utopia alada? Tramando voos demiúrgicos? Querendo acreditar que eles seriam capazes de lutar contra o Vento e vencer o Tempo? Ah, Rei Revés! Lidando agora com precipícios, ribanceiras interiores? Antecipando-se em súplicas? Dentro dessas quatro paredes nenhuma inquietação seria mesquinha? Será que esse espelho invisível pendurado entre aspas numa das quatro paredes seria capaz de refletir seu olhar longínquo entrelaçado nos cabelos encaracolados daquele extinto menino? Narrador desta miniepopeia às vezes pensa feito agora em se desligar de seu compromisso narrativo, deixar de se expressar por meio de escrita a quase-história dessa enigmática-indecifrável personagem. Ah, Senhor Bloom: oculto, mas bem definido medo de escrever, ou temor de entregar-se a um potencial medo de escrever? Entretanto... Há sempre um Entretanto atravancando nosso fluxo de consciência. Ah, Sófocles! Ah, Eurípides! Ajudem autor-quase-epopeico a empreender com altiveza esta aventura de aparência biográfica. Ah, menino-tabaréu: desconfiamos que infância deste narrador-quase-epopeico foi mais desinteressante que a sua: deus desastroso reconhecível, quando não quebrava carretilha, passava cerol na linha através da qual seu papagaio sua pandorga era empinada — além de esconder para sempre fieira de seu pião... Mas isso é outra história... Possivelmente se fosse escrita teria pouquíssimos-diminutos-quase-nenhum-leitor. Ah, Sófocles! Ah, Eurípides! Suas infâncias também foram trágicas? A dele menino-tabaréu foi possivelmente lúdica: quando subia aquele morro vislumbrava para si mesmo futuros-promissores voos de Condor, pássaro que voa mais de 8 mil metros de altura. Os Anuns? Os três?

Ainda não voam: tremulam dentro de certa bandeira de certa cidadela longínqua. Ah, Rei Revés! Será que os deuses dos Desconcertos continuarão tirando de suas aljavas mais setas mortais? Ah, insaciáveis divindades das Desventuras! Ah, insaciáveis divindades da Ganância da Cobiça da Cupidez! Sim, Kant: toda questão tem dois lados. Ah, menino-tabaréu: deus trágico irreconhecível possivelmente havia esquecido de sussurrar neles seus infantes ouvidos dizendo que não podemos ter à nossa disposição todas as montanhas — sonhos, delírios mitológicos. Autor-quase-epopeico e personagem e poucos-prováveis leitores, todos, deveríamos ter mais cuidado com esses Hóspedes Desconhecidos que nas épocas anteriores viviam às vezes no Olimpo, às vezes no Hades. Narrador desta miniepopeia desconfia que somos nós mesmos nossos próprios disfarces. Anuns! Anuns! Anuns! Será que vocês, com suas altivezas passeriformes, vão ignorar um dia a insensatez humana, resgatando, mesmo assim, nossa personagem, hoje a poucos passos da Exasperação Absoluta? Ah, Tirésias! Autor-quase-epopeico carece deles seus sussurros premonitórios. Sim, Píndaro: continuamos nestas indecisas páginas volvendo nosso olhar para mais longe, com vãs esperanças buscando o Inconsistente. Ah, Sófocles! Ah, Eurípides! Quando vai chegando a noite, entre quatro paredes, angústia de nossa personagem começa a ultrapassar os limites estabelecidos pelos padrões internacionais da compostura? Será que ela vive agora horas soturnas, no istmo entre solidão e morte? Sobrevive entre os próprios-precoces-infantes-mortos nesse espaço no qual desesperança não proporciona de modo algum breves períodos de pausa e trégua? Será que morte daquele menino-anjo de cabelos encaracolados deixará nossa personagem-ave-abatida sem gravetos para refazer o próprio ninho? Ah, Tirésias! Seu silêncio definitivo é desesperador; será que mesmo vivendo no oitavo círculo você ainda carrega consigo a ilusão de conceber o inconcebível? Ainda conhece a cronologia dos acontecimentos futuros? Ah, Prometeu! Ainda que astuto, se vê preso a uma corrente. Ah, Rei Revés! Rei Revés! Talvez dois seres num só; possivelmente discordantes entre si — gêmeos e contrários. Ah, Tirésias! Você que conhece os escaninhos das trevas exteriores, saberia dizer se há solução para essa difícil discórdia íntima entre o eu-íntegro e o eu-negligente dela nossa quem sabe dúplice angustiante personagem? Autor--quase-epopeico ainda não conseguiu decifrar--escarafunchar entrar nos escaninhos do adjetivo IRREFUTÁVEL. Ou será que a verdade vai, entre uma página e outra, se recrutar a si própria? Narrador sabe apenas que excesso de interrogações não purificam a linguagem. Ah, Sófocles! Ah, Eurípides! Difícil demais querer-tentar aconchegar as próprias palavras nas Incompletudes: frases tateiam a todo instante tentando-querendo apalpar, inútil, silhueta de personagem abstrusa. Ah, difícil demais lidar com as ocorrências do destino que parecem ter alguma conexão entre si: narrador desta miniepopeia, perplexo, descobriu agora que Anum é também deus mitológico babilônico, cuja natureza é ambígua. Ah, mestres trágicos! Ajudem autor-quase epopeico a jogar-afundar nas águas do esquecimento esse fado fronteiriço, essa desagradável-inconveniente coincidência. Anuns! Anuns! Anuns! Ah, menino-tabaréu! As pedras dele, seu estilingue, não foram talvez constituídas de matéria mineral sólida-premonitória — caso contrário você nunca-jamais teria possivelmente matado sequer um desses heroicos-longínquos pássaros. Ah, Rei Revés! Você agora já não mais assedia álibis para a própria descrença? Descobriu que o tempo foi acuando você aos poucos contra o beco sem saída da solidão inexorável? Desespero aumentou quando por acaso você percebeu que nem mesmo os vultos dos próprios-precoces mortos não aparecem-desaparecem há tanto tempo nessas (agora) desassombradas quatro paredes? Conspiração do Invisível? Será que o Destino já traçou em sua legislação implacável para amanhã, para semana que vem, se tanto, exato momento da chegada do Destrambelho Absoluto? Será que alma dele menino-anjo de cabelos encaracolados entraria sorrateira nos meandros mentais de nossa personagem para desemaranhar todos esses futuros-prováveis fios que seriam tramados pelos deuses da Insânia? Ah, senhor de Maistre: possivelmente não há clima para nossa personagem empreitar ele mesmo viagem à volta à roda do seu entre aspas quarto. Narrador desta miniepopeia mesmo depois de ter percorrido dezenas de páginas continua caminhando a trouxe-mouxe pelos tortuosos caminhos das Incertezas; segue às escuras querendo-tentando entender as mímicas-mediúnicas dele aquele profeta cego de Tebas; escrevendo esta aparente biografia para talvez conviver com as próprias fantasmagorias, próprios despropósitos, próprias contradições; para possivelmente desafogar as próprias inquietudes, os próprios assombros; narrando esta miniepopeia para também procurar-tornar as águas do próprio rio menos turvas; para reduzir via literatura espessura deles próprios dias tediosos, apáticos, abúlicos. Personagem e poucos-prováveis-possíveis leitores não deveriam formar juízo apressado sobre autor-quase-epopeico: todos quantos somos não passamos de fantasmas ou de uma sombra leve, diria Sófocles. Ah, menino-tabaréu: deus trágico irreconhecível possivelmente não sussurrou neles seus infantes ouvidos dizendo-prevenindo que prato da balança muitas vezes pende a favor do flagelo e que somos nosso próprio fio de alta-tensão; que nem sempre os mais aptos sobrevivem. Rei Revés? Pluralidade de configurações éticas-estéticas? Inteligência ardilosa? Passos ficando mirrados e caminhos espremidos entre quatro paredes e negrumes internos se avolumando? Tentando, inútil, refutar pungimentos, transgressões? Vítima de enxofre personalizado? Agora impregnado entre quatro paredes de cheiro sulfuroso? Ah, Sófocles! Ah, Eurípides! Autor-quase-epopeico está se movendo afoito sobre o movediço terreno das interrogações capciosas? Praticando simulacro literário lançando mão de insinuações palpitantes? Ah! Difícil demais decodificar-esquadrinhar personagem de perfil tão controverso. Seria conveniente narrador desta miniepopeia desistir no meio do caminho? Abandonar conjecturas? O silêncio é o reino das evidências? Deixar de explorar, de tirar proveito de seres vulneráveis: um quase-vivo; outros, totalmente-mortos? Ah, Hamlet! Palavras, palavras, palavras... Narrador, mesmo tendo a sensação de que cada parágrafo se volta contra si mesmo, precisa continuar para abolir o mutismo da página em branco; para frustrar o Inacessível; para tentar-procurar esmiuçar o Insondável; para fingir Conjecturas; para tropeçar a todo instante nas Suposições lançando mão de vocábulos às vezes ressequidos, às vezes de odores duvidosos; para encontrar num parágrafo futuro qualquer o

Incognoscível; para encontrar-esbarrar numa página futura qualquer a plenitude da Verdade nela nossa às vezes sub-reptícia personagem; para tentar ultrapassar o hall de entrada dos verdadeiros acontecimentos — impossível esquivar-se ao exercício sádico da feitura desta suposta-aparente biografia fictícia-ficcional; obstinar-se na tarefa de juntar palavras em benefício da aproximação, do confluente. Anuns! Anuns! Anuns! Será que vocês dia qualquer à semelhança de Héracles, que libertou Teseu, também descerão ao Hades para libertar Rei Revés? Será que pensar nessa possibilidade seria o mesmo que imitar as Danaides derramando água numa grande talha furada? Ah, magistral Akhmátova: virei perturbar as pessoas, e os sonhos alheios visitar com um gemido insaciável. Palavras... As palavras desta narrativa miniepopeica ainda procuram, inútil, ser o arquétipo da Sensatez, o padrão da Neutralidade; entanto, depois que viram frases caminham sonâmbulas, indecisas, pelos becos obscuros das entrelinhas — tudo possivelmente em proveito da Expectativa. Anuns! Anuns! Anuns! Será que suas futuras empreitadas heroicas teriam mesmo destino daquele de Antígona? Será que não existiria mesmo lei maior que a lei de Tebas? Ah, silencioso Tirésias! Autor-quase-epopeico agora entendeu sua mímica-mediúnica: somos todos filhos de Anankê, a Fatalidade. Narrador, poucos-prováveis-possíveis leitores e personagem, todos, sabemos que é impossível combater os deuses do Invisível — motivo pelo qual precisamos ser reticentes com os acontecimentos dela nossa própria vida. Anuns! Anuns! Anuns! Será que vocês poderiam inventar voos passeriformes-metafísicos, transcendentais capazes de enganar-burlar todos os preceitos de todos os possíveis-prováveis Creontes? Seus voos deixarão atrás de si rastos incandescentes de liberdade? Anuns! Autor-quase-epopeico afaga-acalenta por enquanto única certeza: são seus voos que tremulam a todo instante aquela bandeira daquela cidadela na qual nasceu nossa (agora) *destremulada* personagem. Ah, Rei Revés! Esse espelho invisível pendurado numa das quatro paredes possivelmente não refletiria sorrisos equívocos sequer choros indubitáveis — cáustico-claustro de tapumes nus. Ah, difícil-impossível procurar-tentar abranger com a vista os contornos da Transcendência, as silhuetas do Abstrato. Altazor... Altazor... Altazor... Nossa desolada personagem poderia abrir com o suspiro a porta que o furacão fechou? Palavras, palavras, palavras... Narrador desta miniepopeia gosta de inventar perguntas de aparência insólita: deus da Fatalidade vez em quando nos joga, abrupto, atrás de sua moradia sem negociações preliminares, exortando-nos ao desconsolo, aos resmungos inúteis? Deixam todos nós numa situação anticartesiana: nós não somos, nós não existimos? Palavras, palavras, palavras... autor-quase-epopeico tempo quase todo se equilibrando nas metáforas mal-ajambradas; tentando-querendo nos parágrafos quase todos inventar delírios exuberantes para ela nossa entocada personagem; tentando-querendo nas páginas quase todas convencer poucos-prováveis-possíveis leitores que plangências dele Rei Revés contêm todos os tons da escala cromática da Solidão. Palavras, palavras, palavras... Ah, metáforas mal-ajambradas: quantas covas nossa personagem já cavou? Quantos segredos já enterrou? Rei Revés poderá estar carregando agora entre quatro paredes, à semelhança deste narrador, os próprios despojos neste bornal, cujo nome é Palavra? Ou vocábulos dela, nossa personagem, se refugiaram alhures lançando mão de mímica ininteligível? Ah, menino-tabaréu: deus trágico irreconhecível possivelmente esqueceu de sussurrar neles seus infantes ouvidos dizendo que vida toda, aqui e ali e algures há surpreendências atocaiadas veredas afora? Esqueceu de dizer que não devemos desdenhar nossa possibilidade de viver, mais cedo, mais tarde, numa bruma impenetrável de demência? Esqueceu de sussurrar neles seus infantes ouvidos que nem sempre conseguimos nos esquivar do despedaçamento do juízo, refrear impulsos do desconcerto, não sucumbir ao desarmonioso? Questionamentos continuam desaguando na dubiedade: narrador desta miniepopeia permanece com sua inaptidão para sustentar próprias convicções — sempre foi dificultoso na tarefa de decifrar enigmas. Personagem e poucos-possíveis-prováveis leitores, todos, sabemos-reconhecemos que é difícil se desvencilhar de vez da tentativa de empreender perigosas travessias em direção ao Desconhecido. Ah, Sófocles! Ah, Eurípides! Ajudem narrador desta miniepopeia a entrar pelo menos no átrio dos abismos insondáveis dela nossa personagem; ficar sempre atento às ciladas do Eventual, às emboscadas do Talvez; restringir pressupostos. Ah, mestres trágicos, não deixem autor-quase-epopeico se confundir com as várias combinações do jogo-de-xadrez-psicológico de nossa quase-totalmente-inescrutável personagem; não deixem narrador transitar a todo instante camuflado-imbricado nas insinuações desconcertantes. Ah, Tirésias! Rei Revés agora entre quatro paredes estaria travando combates inúteis invisíveis contra o Inevitável? Carente de substância? Todas as suas possíveis súplicas sobrenaturais àquele menino-anjo de cabelos encaracolados seriam incapazes de produzir efeito pretendido? Ah, Profeta cego de Tebas: seus insistentes descasos premonitórios são dilacerantes. Entanto, autor-quase-epopeico não pode cortar a continuação desta narrativa já nas primeiras quase-quarenta indecisas páginas. Estratagema? Retitude vocabular: aconchegar as palavras nas frases justas — mesmo que a torrente de pensamentos, o fluxo de consciência se embrenhe nos caminhos incertos, nas veredas dos tatibitates; que vocábulos continuarão tempo quase-todo apalpando entre aspas vestígios irreconhecíveis. Ah, Hesíodo! Ajude autor-quase-epopeico a distinguir o demasiado abstrato do demasiado concreto; ajude narrador desta miniepopeia a entender a entre aspas cosmogonia profana de nossa personagem. Será que Rei Revés voltou a ver silhuetas deles seus mortos, precoces-infantes mortos numa daquelas quatro paredes? Ah, os pormenores... Como saber daqui destas distantes-indecisas páginas sobre as pequenas circunstâncias, as minúcias diárias de nossa personagem? Tirésias possivelmente se exilou para sempre nos sumidouros do Hades — motivo pelo qual autor-quase epopeico precisa tempo quase todo experimentar conclusões. Ah, menino-tabaréu: deus trágico irreconhecível possivelmente não sussurrou neles seus infantes ouvidos dizendo que vivemos nos preocupando com os tropeços alheios sem atinar para os próprios passos em falso? Que vida toda aperfeiçoamos embustes, polimos imposturas, retemperamos desilusões? Que temos todos nossa porção Aquiles, furioso aquele que amarrou o cadáver de Heitor ao seu carro, arrastando-o durante doze dias? Ah, angustiantes conjecturas pretéritas! Entanto, autor e possivelmente poucos-prováveis leitores já ouvimos alhures que todo poder sem controle enlouquece. Ah, Rei Revés! Será que vez em quando você acorda sobressaltado, possivelmente vítima dos mal-assombramentos do Remorso? Será que despojado de tudo, principalmente de poder e afeto, você estaria vivendo horas encardidas pelo desconsolo, nesse antetúmulo onde não há talvez possibilidade de encontrar o caminho ascendente do regresso? Será que entre essas quatro paredes seria inútil chorar os próprios destroços? Será que você agora estaria tentando quem sabe instaurar no interior de si mesmo disfarce inútil para driblar sombras sombrias dos deslizes pretéritos? Ah, Tirésias! Ofereça seus préstimos prenunciadores ao indeciso narrador desta miniepopeia. Ah, menino-anjo de cabelos encaracolados! Ofereça seus préstimos levando acalento-acalanto para nossa desolada personagem. Acreditamos ser difícil entre quatro paredes afeiçoar-se ao tédio, cair no costume, driblar dias enlutados — lugar no qual Rei Revés possivelmente vive tempo todo encantoado num precipício de desesperações, onde é impossível aprender a assumir tanto abandono. Ah, menino-anjo de cabelos encaracolados! Apareça de súbito noite qualquer, dizendo-surpreendendo: Vô, *voltei*. Sim, senhor Unamuno, obrigado pela interferência abrupta-inesperada: tenho tentado ao Senhor pedindo-lhe um prodígio, um milagre patente, fechados os olhos ao milagre vivo do universo e ao milagre de minha transformação. Milagres... Sabemos, Rei Revés, que já houve tempo em que não faltava água naquele seu cântaro de ouro. Agora? Apartado das ambrosias, dos néctares naquelas ilhas dos Bem-aventurados — predestinado talvez às parcimônias. Guerra dos contrários heraclitianos. Ah, menino-tabaréu: deus trágico irreconhecível possivelmente não sussurrou neles seus infantes ouvidos dizendo que num futuro distante você iria rememorar seus dias em dúplice viuvez; possivelmente não disse que sua casa, depois do depois de muitos inúmeros depois, deixaria de ser avarandada, tendo apenas um cômodo exíguo entre quatro paredes — radical deslocamento geográfico; não, não sussurrou em seus infantes ouvidos dizendo que os funerais seriam vastos e precoces e súbitos. Ah, Tirésias! Está sendo difícil-doloroso demais para Rei Revés lidar com esse cilício invisível, cujo nome é saudade — em acentuado relevo lembrança suave e triste dele menino-anjo de cabelos encaracolados? Apenas você poderia entrar nas profundezas desse dilema? Anuns! Anuns! Anuns! Rei Revés poderia vez em quando, num momento raro de disposição para ver as coisas pelo lado bom, poderia imaginar que vocês três, aves frágeis, entanto juntas, unidas, teriam mais força, se transformariam numa frota de corcéis alados mais valentes que aquela criatura lendária, híbrida, poderosa — o Hipogrifo? Narrador desta miniepopeia e poucos-prováveis-possíveis leitores, todos, precisamos entender que nossa personagem, quando está talvez desabando nele seu próprio vazio, quando os momentos se tornam ainda mais desolados, rende-se aos sonhos, entrega-se aos devaneios, desvencilha-se imaginosa daquelas amarras inibitórias. Anuns! Anuns! Anuns! Vocês acreditam que todo sonho tem algo profético? Vocês que sabem entrar nos tremulares da própria bandeira possivelmente conhecem a anatomia do Inimaginável; sobrepujam perturbações atmosféricas; conseguem provocar com as próprias asas as rajadas do vento; possivelmente entendem a geografia dos descaminhos e das migrações abruptas das bem-aventuranças dele Rei Revés. Será que dentro dos tremulares o voo é transcendente de si próprio? Anuns transitam altivos entre os trovejares nos possíveis-prováveis tempos tempestuosos? Acomodam-se nos aléns da Essência? Transformam-se em substâncias espirituais imortais? Conhecem o subsolo do Absoluto? Nos tremulares são capazes de entoar cantos litúrgicos? Conseguem sobrevoar faceiros os a-priori das pressuposições? Ah, menino-tabaréu! Os pássaros não são vingativos: alçam voos altíssimos, ao contrário de nós, narrador e personagem e poucos-prováveis leitores — todos predestinados ao rés do chão. Difícil desemaranhar o confuso entrançado semântico do vocábulo DESÍGNIO. Ah, Sófocles! Ah, Eurípides! Seria possível contornar a Fatalidade? Narrador desta miniepopeia continua sem entender as negligências do Acaso que sempre desembocam no Infortúnio. Entanto, sabe que ninguém, nem mesmo Rei Revés, se prepara para solidão desta similitude, fora dos domínios da sensatez, de tão irremediável penumbra entre quatro paredes; ninguém, sequer nossa personagem, se prepara para dias de indisfarçável embaçamento, intrincada nomenclatura; impossível se precaver, tomar medidas antecipadas para evitar declínios tão vertiginosos. Narrador desta miniepopeia gostaria de criar neologismos-escafandros para entrar no subsolo da alma de nossa personagem para ver-vislumbrar possíveis-prováveis inquietações da consciência, possíveis-prováveis contrições; ou, quem sabe, ver-vislumbrar estratégias internas dele Rei Revés para combater obuses ininterruptos do Infundado. Autor-quase-epopeico, quase-químico, poderia dividir-se e subdividir-se até chegar aos átomos da Verdade? Ah, menino-tabaréu: deus trágico irreconhecível possivelmente não sussurrou neles seus infantes ouvidos dizendo que é preciso luz própria para entrar nos próprios subterrâneos. Rei Revés? Difícil quase impossível, igualmente desesperante, lidar com esse conjunto de traços psicológicos e seus contornos imprecisos. Impossível aqui nestas indecisas páginas transitar à vontade diante de tantas e tortuosas ambivalências. Ah, mestres trágicos! Ajudem narrador desta miniepopeia a mesclar com sabedoria evidências e pressupostos — a despeito do próprio autor duvidar que esta narrativa resista voluntariamente mais algumas poucas-minguadas-indecisas páginas. Rei Revés? Possivelmente também não irá resistir lúcido-sereno mais tanto tempo entre quatro paredes. Hipóteses. Entanto, sabemos que as horas dela, nossa personagem, vão se espedaçando numa vagareza torturante; que o Imprevisível vasculha seus inquietantes recônditos; que ela vai aos poucos se deixando atrelar às próprias vulnerabilidades. Sabemos também que nossa personagem não vai apaziguar desventura soterrando inconformismo, reconciliando-se com a resignação. Ah, os mortos, próprios-precoces mortos! Será que ele menino-anjo de cabelos encaracolados lançando mão de suas prerrogativas excelsas vai aparecer sereno num canto qualquer das quatro paredes para reluzir quietudes, desassombrar consciência, entorpecer angústias dele Rei Revés? Anuns! Anuns! Anuns! Sensação de que autor-quase-epopeico consegue ver-vislumbrar daqui destas distantes páginas cronograma passeriforme, manobras aladas bem inspiradas para resgatar nossa impaciente personagem. Anuns! Anuns! Anuns! Seus voos heroicos possivelmente seriam o ar, o sopro vital dele Rei Revés — não estaria mais sujeito a condições restritivas, ou, deixando imaginação antecipar acontecimentos, voltaria a ser pelo menos rei de si mesmo? Ah, menino-tabaréu: deus trágico irreconhecível possivelmente não sussurrou neles seus infantes ouvidos dizendo que num lugar que ficaria num depois do depois de muitos-milhares de depois, entre quatro paredes, você seria vítima de ventos adversos, mergulharia no vértice da perda absoluta, ficaria impossibilitado de se desvencilhar das tramas e redes e armadilhas das deusas desmedidas do Desconsolo; que suas horas agonizantes se transformariam numa pantomima ininteligível. Ah, Rei Revés! Você também não ouviu deus nenhum dizendo sussurrando neles seus adultos ouvidos dizendo que depois do depois de poucos depois bruxo irreconhecível transformaria seu trajeto em encruzilhadas pantanosas. Ah, Sófocles! Ah, Eurípides! Ajudem autor-quase-epopeico a transpor o umbral das Conjecturas, o limiar das Imprecisões: vocês nunca duvidaram, sabiam que, para ela, Antígona, morrer não era sofrer; seria sofrimento, sim, deixar insepulto o próprio irmão;

nunca duvidaram de que ele, Édipo, era o próprio assassino que ele mesmo procurava. Ah, mestres trágicos! Narrador desta miniepopeia sempre se preparou para as adversidades fictícias; sempre se predispôs a narrar-criar bancarrotas ficcionistas. Agora? Claudicando na linguagem diante do que realmente existe. Rei Revés? Palpável — a despeito de seu caudal de eus ilusórios, enigmáticos. Ah, Sófocles! Ah, Eurípides! Não deixem narrador desta miniepopeia desplantar as próprias palavras, abrir as comportas da Desistência, deixar de lado, renegar esta narrativa. Ah, menino-anjo de cabelos encaracolados! Será que dia qualquer noite qualquer você vai lançar mão de seu sopro divino para que aqueles ainda indecisos Anuns se desprendam daquela heroica-distante bandeira e se desloquem velozmente pelo ar em direção àquele longínquo espaço exíguo entre quatro paredes? Ah, mestres trágicos! Autor-quase-epopeico às vezes não consegue disfarçar seu frio indiferente *tanto-faz*: ele próprio vida toda assediou o infortúnio, já se acostumou com bancarrotices, com esses muitos-inúmeros dias de perspectivas parcas. Ah, Sófocles! Ah, Eurípides! Impossível enganar ambos ao mesmo tempo: narrador não desiste desta própria narrativa epopeica porque apenas elas, palavras, conseguem alumiar vez em quando seu habitual esmaecimento interior; apenas eles, vocábulos, conseguem fazer autor-quase-epopeico desviar o olhar para sua irreversível desesperança; sim: se refugia no interior das frases para não olhar de frente sua existência inócua que fica ali do outro lado destas páginas. Narrador, poucos-possíveis-prováveis leitores, todos, deveríamos acreditar que depois de tudo isso encontraríamos no outro lado esplendores indizíveis? Ah, as verdades inoportunas proustianas: os verdadeiros paraísos são os paraísos que se perderam. Entanto, continuaremos, não vamos nos despojar de perguntas para as quais não temos respostas. Rei Revés? Ao rés do chão? Apenas quando se rende ao sono consegue afrouxar nós da saudade dele aquele menino-anjo de cabelos encaracolados? Algum latinista poderá chegar a qualquer momento para sussurrar-explicar em seus vividos ouvidos a etimologia do substantivo mea-culpa? Tirésias possivelmente diria que o momento não é oportuno-propício às especulações linguísticas. Ah, senhora Arendt: Rei

Revés teria, agora entre quatro paredes, constante presteza em apresentar cândida análise de si mesmo, se recolheria numa interioridade inteiramente nova? Mestres trágicos e autor-quase-epopeico e poucos-possíveis-prováveis leitores, todos, sabemos que não basta lançar mão de vocábulos substanciosos para narrativa ganhar estatuto de realidade absoluta. Narrador desta miniepopeia? Vida toda desarticulado para lides investigativas: não consegue decifrar a origem dos obuses contra o próprio acaso. Rei Revés? Vaso quebrado impossibilitado de restauração? Vai morrer logo? Destino dele agora desafeiçoado aos vindouros? Já começou a ouvir os arrulhos do Destrambelho? Já não consegue decifrar os estalidos dissonantes da Insensatez? O despropositado já atingiu, nos últimos dias, seu paroxismo? Narrador desta miniepopeia tenta-procura caminhar sobre estas indecisas páginas em ziguezague para não ser atingido pelo sopro inconveniente da Afoiteza. Ah, menino-tabaréu! Deus trágico irreconhecível possivelmente não sussurrou neles seus infantes ouvidos dizendo que não vão inventar nunca-jamais emplastros para arrefecer dor desse sentimento melancólico de incompletude a que chamamos saudade; não disse talvez que muitas vezes os passos divergem dos caminhos que nós mesmos propomos; possivelmente não sussurrou neles seus infantes ouvidos dizendo que você, depois do depois de muitos-milhares de depois, iria conviver, tedioso, com as próprias-emaranhadas particularidades psíquicas; não disse talvez que num futuro distante, entre quatro paredes, você teria dificuldade, evitaria conversar com seu Duplo — ambos sempre mutuamente esquivos; possivelmente não sussurrou neles seus infantes ouvidos dizendo que décadas e décadas depois seria inquietante conviver com as próprias fantasmagorias e com os próprios despropósitos e com as próprias contradições — tudo muito cuidadosamente entrelaçado. Ah, Tirésias! Seu mutismo desesperador abrange, abarca, entre aspas, os dois Tempos: o que se tornou velho, o que se segue ao presente. Você possivelmente já sabia que esta narrativa não seria desprovida de obstáculos; saberá também que meninos--anjos de cabelos encaracolados poderão construir a qualquer momento legislação alada permitindo que possíveis heróis Anuns se desprendam altivos de seus tremulares cívicos? Dentro deles, tremulares, essas aves altivas sabem rasgar o ar com o olhar? Conhecem todas as radiações possíveis-visíveis da Incandescência? Conhecem os labirintos subjetivos do Éter? Decodificam o a-priori da Predestinação? Conhecem todas as trilhas dos perseverantes caminhos do Eterno? Suas asas acolhem o Incomensurável? Conseguem se afugentar das tempestades refugiando-se do aconchego dos átomos? Conhecem a morada na qual o Infinito vez em quando descansa? Rei Revés? Apesar de ter a eloquência sólida de Diomedes, deveria aprender com Odisseu a sair de braseiro ardente? Nunca soube que Cobiça é um dos unguentos maléficos do Poder? Ah, Percepção, apareça, mesmo que tardia: narrador desta miniepopeia carece-necessita (mesmo que seja numa futura-sobrevivente página) de agudeza de espírito para entender entrar nos entrelaçados nos meandros da alma de nossa labiríntica personagem. Ah, mestres trágicos! Sejam complacentes com este autor-quase-epopeico: palavras vão ficando mais ocas, parece que não resplandecem mais, perderam acúmulo de êxtases — tornaram-se servas preguiçosas dos

Tatibitates, perderam ardor, ímpeto, entusiasmo de voar. Ah, Sófocles: Rei Revés vive agora nas profundezas da discordância e da desordem e do caos? Ah, Eurípides: o Destino é louco, caprichoso e injusto? Anuns! Anuns! Anuns! Em benefício de nossa personagem, vocês não deveriam seguir as pegadas desanimadoras dos vocábulos do narrador desta miniepopeia que tem vivido horas-dias abstratos carentes de concretude; caminhado tempo todo às apalpadelas; sensação de que começou de repente a ter relação de circunstâncias com as próprias palavras. Ah, Sócrates! Ah, Eurípides! Ajudem autor-quase-epopeico a restaurar, recuperar, obter a reintegração de pretéritos entusiasmos narrativos. Rei Revés? Também vez em quando perdendo a vontade, desistindo de bater-se em duelo com o próprio destino? Orador fluente deixando, vez em quando (à semelhança do narrador desta miniepopeia), a palavra dissolver-se nas brumas do Desânimo? Ah, menino-tabaréu: deus trágico irreconhecível possivelmente não sussurrou neles seus infantes ouvidos dizendo que um dia muito distante você iria enfrentar, entre quatro paredes, seres invisíveis, diabólicos, forjadores de penumbras em plena luz do dia; que depois do depois de muitos-milhares de depois iria entregar-se, entre quatro paredes, aos desígnios delas, poderosas Parcas que viveriam tempo todo entoando cantos implacavelmente vitoriosos. Ah, Tirésias! Será que aquele menino-tabaréu já sabia desde a infância que seria descendente de todo esse conglomerado funesto? Será que eles, Anuns, constroem ninhos invisíveis nas lacunas dos tremulares? Conhecem todos os traços e todos os contornos e todas as silhuetas da Plenitude e todas as resplandecências entranhadas nos Opacos? Dentro deles, tremulares, essas aves atrópteras transitam nos recantos nos escondedouros da Onisciência? Conhecem os quatro pontos cardeais do Pressentimento e todas as sinuosidades do Subterfúgio? Todos os âmbitos da esfera do Sagrado? Conseguem ver-ouvir simultâneo o começo e o fim dos tempos? Anuns! Anuns! Anuns! Ah, menino-tabaréu: esses pássaros negros, gentis, não seriam possivelmente ressentidos, não guardariam rancor: apenas esperariam que a palavra estilingue caísse em desuso. Anuns! Anuns! Anuns! Menino-anjo de cabelos encaracolados possivelmente pediria-imploraria para que vocês aves heroicas não deixassem que os dias de seu eminente ascendente ficassem ainda mais abstrusos, assombrosos, acumulados de tensões, à beira do pânico, despojados de sentido. Ah, Sófocles! Ah, Eurípides! Ajudem autor-quase-epopeico a não se exceder nas hipóteses mediúnicas, nas pretensões teândricas. Rei Revés? Será que sempre esteve convicto-convencido daquilo que fazia? Sempre soube que algo de terrível poderia acontecer? Tudo que existe é justo e injusto, e em ambos os casos igualmente justificáveis — diria Prometeu esquiliano. Será que nossa personagem vive agora a todo instante debaixo do incômodo peso deles pressentimentos lúgubres? Desapontado com a própria e desavergonhada e desconcertante autocomiseração e suas configurações peculiares? Sabe por acaso que seria inútil qualquer esforço para reencontrar sua luz primitiva? Solução irreversível-irreparável? Ah, Moiras, fatalistas Moiras, vocês poderiam devolver ao Rei Revés pelo menos um de seus muitos mortos — o mais precoce de todos: menino de cabelos encaracolados? Poderiam? Ah, autor e poucos-prováveis-possíveis leitores, todos, sabemos que os passos dessas fiandeiras tecedoras de destinos são irreversíveis — sortilégio maligno. Rei Revés? Agora destinado às súbitas-inesperadas-delirantes aparições, transformando-se de repente num inventor de inexistentes ectoplasmas? Autor-quase-epopeico também vive tempo todo se queimando nessas labaredas mnemônicas — aflições subterrâneas que precedem vesânias absolutas. Ah, Sófocles! Ah, Eurípides! Seria preciso justificativa estética para narrador continuar com esta empreitada quase-épica? Deveria respeitar exílio voluntário das palavras? Protelar excogitações? Ou deveria continuar tropeçando nos tatibitates e nas quimeras e nos estupores de maneira abstrata, especulativa, tateando nas intuições subjetivas do daqui-a-pouco? Ah, menino-tabaréu: deus trágico irreconhecível também poderia ter sussurrado neles infantes ouvidos do autor-quase-epopeico dizendo que um dia, num depois do depois de muitos depois, viveria aparando perplexidades enclausurado nos vocábulos; não disse que ele já havia nascido talhado para o lusco-fusco; que vida inteira seria, ao contrário dele, Rei Revés, homem de poucos intentos; que existência toda seria conjectura dele mesmo. Ah, deus trágico irreconhecível! Você deveria ter dito para autor e personagem que olhar para sombras de seus mortos, próprios-precoces mortos nas paredes seria tão perigoso como contemplar o sol a olho nu — espectros também cegam. Tatibitates... Narrador desta miniepopeia continuará enfrentando todos os possíveis-prováveis tatibitates que surgirão amiúde nas próximas-possíveis-prováveis futuras páginas. Anuns! Anuns! Anuns! Três arcontes do bem! Rei Revés possivelmente continua na espreita da chegada de suas libertadoras asas, de seus amparos alados. Delírios passeriformes? Quem vive nos tremulares conseguiria ultrapassar o limiar dos Mistérios? Seria infinita sua pluralidade de atributos adejantes-adejadores? Conheceria os sumidouros da Metáfora e os subsolos do Enigma e os escaninhos do Invisível e prenunciaria coisas futuras? Conheceria todas as dicções do Tempo? Poderia prever que um dia, num distante depois do depois de muitos-milhares de depois, alguém seria capaz de seduzir a Fatalidade? Rei Revés... Rei Revés... Rei Revés... Você seria à semelhança de Isócrates perito em confundir a Verdade? Ah, menino-tabaréu: deus trágico irreconhecível possivelmente não sussurrou neles seus infantes ouvidos dizendo que um dia, depois de muitos poderes e muitas homenagens e muitas festas e muitos banquetes, você entraria para o reino dos excluídos num quarto-quase-eremitério, arcabouço do Desalento, lugar no qual iria colecionar muitos desenganos muitas perdas; possivelmente não disse que poderia viver depois do depois de muitos-milhares de depois num cubículo cheirando a flores mórbidas; que não estaria por assim dizer vivendo, mas se esgueirando entre um dia e outro. Tirésias possivelmente diria que você, menino-tabaréu, seria, num futuro distante argonauta que partiria e conquistaria o velocino de ouro. Agora? Rei Revés ao rés do chão. Entanto, autor e poucos-possíveis-prováveis leitores, todos, sabemos que nestas indecisas páginas tudo está sujeito às incertezas — narrador fica tempo todo debatendo-se num oceano de dúvidas: será que nossa personagem gostaria de ser narradora de si mesma? Conseguiria desafiar as próprias-severas-inequívocas palavras? Autor-quase-epopeico provocaria silêncios incômodos e daria respostas monossilábicas para si mesmo numa possível narrativa sobre a própria vida: se esconderia atrás de outros supostos incalculáveis eus; lançaria mão das inescrutáveis tramas do léxico; entrançaria as palavras nos teares da tergiversação. Entanto, autor e personagens não são reis das causas e árbitro das coisas — à semelhança de Nêmesis. Ah, Sófocles! Ah, Eurípides! Ajudem narrador desta miniepopeia a chegar ao átrio da alma tumultuosa de nossa personagem às vezes altiva às vezes desordenada às vezes furtiva. Difícil rastrear daqui destas distantes indecisas páginas a anatomia do traço distintivo dele Rei Revés. Será que entre quatro paredes dirige súplicas às divindades? Cobre de impropérios os deuses-do-excesso-de-rigor? Entra tempo todo em pelejas inúteis com o Destino cuja impetuosidade foi assustadora? Ah, Tirésias! Perspectivas favoráveis de nossa personagem indo pelas vertentes íngremes? Seus intervalos armistícios são quando possivelmente menino-anjo de cabelos encaracolados aparece-desaparece de súbito dizendo-sorrindo: *voltei, vô*? Ah, Rei Revés! Será que profeta cego de Tebas diria que você a partir de hoje não seria mais vítima de uma entre aspas litania de perdas? Ele, Tirésias, saberia desvendar a doutrina teológica dessas três aves míticas que habitam os movimentos trêmulos, os meandros, as sinuosidades bem-aventuradas dos Tremulares? Saberia dizer se elas aliciam os Recônditos? Acariciam os Ocultos? Autor-quase-epopeico sabe que é inútil acoplar vogais e consoantes para criar palavras-oráculos. Entanto, Rei Revés poderá pressupor que a qualquer momento Anuns, os heroicos-milagrosos Anuns, poderão empreender voos libertários em sua direção, em direção àquele espaço exíguo entre quatro paredes — autor e personagem podem igualmente reivindicar para proveito próprio sonhos e concepções e idealizações e devaneios e fantasias imaginativas. Anuns! Ah, menino-tabaréu: na forquilha do estilingue do narrador desta miniepopeia também havia cicatrizes de vários assassinatos infantis — similaridades nas malvadezas passeriformes. Deus trágico irreconhecível possivelmente não teve tempo para sussurrar nos infantes ouvidos de ambos dizendo que desde a fase inaugural já somos alimentados pelos ingredientes afrodisíacos da Soberania; somos guiados pelos ventos propícios às

Dominâncias; seguimos as trilhas pavimentadas com a mistura escura e viscosa da Tirania; já nos extasiamos, no nascedouro, com a luxúria do Predomínio. Ah, Rei Revés! Autor-quase-epopeico, e você, ambos, possivelmente saberíamos que adiantaria nada se borrifar de alfazema: já estaríamos impregnados deste cheiro desconcertante cujo nome é Arrependimento? Ah, Tirésias! Narrador desta miniepopeia precisaria de seus poderes clarividentes apenas para prever a resposta do segundo consulente. Clarividências, vidências... Ah, Rei Revés! Deverá ser difícil-doloroso conviver noites seguidas com esses fragmentos de imagens póstumas — mortos, próprios-precoces mortos. Saudade ajuda a apalpar sombras invisíveis? Inquietantes interrogações míticas... Imaginação deste autor-quase-epopeico não é suficiente para abranger todos os arcanos entranhados nas almas dos deuses da Invisibilidade. Ah, esses abstratos embutidos nos Inexistentes... Deus trágico irreconhecível sempre foi o Impalpável dele menino-tabaréu — entidade esconsa tecedora de metáforas e símbolos e alegorias. Quantas histórias ocultas se aconchegam nos sumidouros de nossa abstrusa personagem? Entanto, narrador desta miniepopeia não poderá ser tempo todo subserviente às desatenções premonitórias dele profeta cego de Tebas — possivelmente único guardião dos segredos dele Rei Revés. Autor-quase-epopeico sabe que suas palavras, seu caudal de palavras, não são oferendas suficientes para herdar tantos infindáveis sigilos. Anuns! Anuns! Anuns! Será que narrador desta miniepopeia, afeiçoado às indiscrições, distraído, não percebeu que as asas desses heroicos pássaros negros já se movimentam em direção àquele espaço exíguo entre quatro paredes, desafiando prognósticos desanimadores de todos os deuses da Desesperança? Ah, esses recorrentes tatibitates passeriformes... Deus trágico irreconhecível possivelmente se afeiçoaria aos corvos. Ah, Sófocles! Ah, Eurípides! Como encontrar fórmula justa para esta narrativa não se descambar para as aleivosias? Para não cometer perjúrios com personagem e poucos-prováveis leitores? Seria possível apenas lançando mão dos vocábulos reivindicar os direitos da verdade? Deixar de lado reservas e reticências? Seria possível apenas lançando mão das palavras esgaravatar-escarafunchar os indistinguíveis dele nosso abscôndito Rei Revés? Ah, Tirésias! Ajude autor-quase-epopeico tentando-procurando escapar algumas horas desse fosso do oitavo círculo no qual Dante o colocou. Ah, Sófocles! Ah, Eurípides! Não deixem narrador desta miniepopeia transformar Rei Revés numa personagem alegórica, num joguete, num boneco de engonço. Entretanto... Os Entretantos sempre atravancando nosso fluxo de consciência. Ah, menino-anjo de cabelos encaracolados! Será que você se transformou nas alturas num pequeno artesão do Provável tecendo manto invisível da Probabilidade para resgatar o pai de seu pai? Ah, Ovídio! Autor-quase-epopeico também conhece alguns segredos divinos do Olimpo — Atena não transformou sobrinho de Dédalo em pássaro? Anuns! Anuns! Anuns! Vocês e menino-anjo de cabelos encaracolados, juntos, empenhados no bom combate, deixarão dia qualquer Rei Revés ao abrigo de suas asas protetoras? Ah! Eurípides! Será que Lissa, aquela que você descreve com serpente na cabeça e olhos cintilantes, não poderia chegar primeiro trazendo consigo seus eflúvios vesânicos? Ah, menino-tabaréu! Esperança?

Sempre foi para autor-quase-epopeico, desde a meninice, ventanejar ininterrupto jogando tempo todo ciscos nos olhos; já nasceu sob a preponderância do niilismo; descrença congênita sempre ultrapassou colunas de Hércules. Narrador e poucos-prováveis leitores e Sófocles e Eurípides, todos, sabemos que disposição, temperamento de autor, não influi no destino de personagem; entanto, todos os envolvidos nesta narrativa estão concentrados no destino dele Rei Revés — apenas Tirésias teria possivelmente observado tudo com antecedência? Somente ele saberia dizer que autor-quase-epopeico e poucos-possíveis-prováveis leitores, todos, estaríamos transitando dentro de narrativa de desfecho inconcluso? Ah, mestres trágicos! Não deixem narrador desta miniepopeia dissimular, deixar transparecer que história de nossa personagem seria cósmica e abstrata; ajudem autor a decodificar os sinais reais-psicológicos dele Rei Revés; interpretar seus códigos suas normas seus princípios: seria dublê dele mesmo? Lançou tempo quase todo, mão de mascaramentos defensivos? Sempre desejou alumiar sua trilha com o lume da Preponderância? Predestinado a pairar num nível elevado, deixar seus pares na penumbra, abrir caminho, desbravar-liderar? Pertenceria talvez à longínqua árvore genealógica de Odisseu: sempre lançando mão de um mesmo argumento, que, dependendo dos interesses circunstanciais, obteria força centrífuga ou centrípeta? Vida toda soube acomodar as Dubiedades no soberano-inconteste quadrilátero dos Inequívocos? Narrador desta miniepopeia gostaria de deixar tudo ao alvedrio dos poucos-prováveis-possíveis leitores, ancorando o próprio silêncio no cais da Sensatez. Ah, menino-tabaréu: deus trágico irreconhecível possivelmente não sussurrou neles seus infantes ouvidos dizendo que estamos condenados vida toda a caminhar atarantados com nossos balbucios desconexos; que muitas vezes transformamos nosso destino em árvore sem galhos nem córtex; que tempo todo nos resvalamos nos mal-entendidos; que adiantaria nada tentar fazer de nós mesmos nosso próprio subterfúgio: conhecemos, se tanto, algumas metáforas a nosso respeito; que seria inútil querer-tentar reinventar oceanos sem naufrágios. Ah, menino-anjo de cabelos encaracolados: agora você já sabe o que santo Anselmo quis dizer quando afirmou que Deus faz algo melhor que existir. Será que aqueles três Anuns que estão na bandeira daquela cidadela longínqua poderiam fazer algo melhor que tremular: voar? Ah, Maldoror! Narrador desta miniepopeia e poucos-possíveis-prováveis leitores, todos, estamos também caminhando desorientados entre os pântanos desolados destas páginas sombrias: impossível saborear sem perigo este fruto amargo. Doloroso demais querer registrar, à distância, mnemônico, tronos vazios. Será que deus trágico irreconhecível entrelaçou agorinha em nós múltiplos as grades daquelas quatro paredes entre as quais Rei Revés empilha plangências em grande quantidade? Ah, Tirésias! Você saberia pelo menos dizer-prever em que página nossa narrativa quase-epopeica terá seu desfecho? Sim, Profeta cego de Tebas: como é terrível saber, quando o saber de nada serve a quem possui. Desfecho... Qual seria o desfecho desta ficção? Qual seria o desfecho da história real dela nossa personagem? Poucos-possíveis-prováveis leitores não chegariam nem mesmo no prólogo da narrativa? Ah, Tirésias... Inútil-inócuo Tirésias... Narrador desta miniepopeia ainda não aprendeu a apalpar presságios, acariciar vindouros. Quem poderia deter o Destino e seu cortejo de surpreendências? Autor e mestres trágicos e poucos-possíveis-prováveis leitores, todos, possivelmente sabemos que vida toda procuramos-tentamos muitas vezes inútil encontrar caminho para dar alguma serenidade às tempestades interiores, aos estrangulamentos invisíveis, às turvações do espírito; que tempo todo procuramos-tentamos muitas vezes inútil encontrar veredas para nos preservar daquilo a que Areteu chamou de angústia perpétua da alma; que existência quase toda tentamos-procuramos encontrar caminho quase sempre inútil para abolir rancores e ressentimentos e queixumes e remorsos e arrependimentos. Anuns! Anuns! Anuns! Seres superiores, altivos, altruístas, ofereçam seus préstimos alados ao Rei Revés; emparelhem suas asas com as asas do menino-anjo de cabelos encaracolados para instaurar, juntos, único-objetivo voo, ignorando o *tanto-faz* do narrador, as possíveis indiferenças dos poucos-prováveis leitores, o desacolhimento silencioso de Tirésias. Será que nossa personagem conseguiria apaziguar sua consciência acariciando emocionado vulto do menino-anjo de cabelos encaracolados quando aparece-desaparece decorando epífano uma das quatro paredes daquele espaço exíguo? Instantes de misericórdia angelical? Através de tantas palavras embaçadas, nevoentas, fica difícil-impossível aqui destas indecisas páginas alcançar com a vista epifanias tão distantes tão possivelmente profanas. Rei Revés sempre injuriou, blasfemou divindades? Ah, Sófocles! Ah, Eurípides! Ajudem narrador desta miniepopeia a retirar todas as fuligens deste texto-tubulação que muitas vezes ameaça poluir a imagem de nossa personagem que possivelmente esteja, neste momento, de joelhos, alçando os olhos para o céu suplicando a proteção de todos os seres vivos-alados. Ah, mestres trágicos, entendam o procedimento cético do autor-quase-epopeico tentando-querendo inútil rechaçar provável-possível caráter litúrgico de sua narrativa. Mortos, próprios-precoces mortos — sombras inquietantes —, menos a dele menino-anjo de cabelos encaracolados-radiosos envolvidos no invólucro da esperança — ele agora são muitos: dizem que no interior do céu os seres se multiplicam; narrador desta miniepopeia gostaria de explicar à nossa personagem motivo pelo qual silhuetas dele querubim encaracolado agora aparecem-desaparecem simultâneas nas quatro paredes daquele espaço exíguo. Ah! Como seria Rei Revés no mais profundo de si mesmo? Sófocles e Eurípides sabem, mas não interferem nas narrativas ínfimas alheias. Entanto, autor-quase-epopeico sabe que Rei Revés, hoje ao rés do chão, viveu tempos propícios às ambrosias e aos néctares e às doçuras do mel. Mas não sabemos se ele mesmo urdiu as próprias ciladas. Ou se mancomunou com os deuses da ambição unindo as suas compulsões às deles num nó indissolúvel. Ah, maldito Tirésias! Livre-liberte narrador desta miniepopeia da tentação de querer inútil seduzir pela palavra seus poucos-prováveis leitores; liberte-livre autor-quase-epopeico dessa vontade de tentar inútil sugerir de forma indireta prováveis incorreções dela nossa personagem. Ah, menino-tabaréu: deus trágico irreconhecível possivelmente não sussurrou neles seus infantes ouvidos dizendo que modo geral olhamos nossos semelhantes tentando-querendo compor tratado de moral prática; que quase sempre nossas críticas estão atafulhadas de silogismos dialéticos; que adianta nada virar espelho contra a parede para nunca mais refletir nosso costumeiro riso cáustico-cínico-cortante; que, entanto, a despeito de tudo, estamos impossibilitados de viver às escondidas de nós mesmos. Anuns! Anuns! Anuns! Esqueçam essa coisa de pouca monta, este ser que vive numa perene inferioridade — espécie humana; ignorem nossas características comportamentais peculiares e preparem suas asas para acudir ao apelo liberativo dele Rei Revés — convocação não parte da aparente generosidade do narrador *tanto faz* desta miniepopeia: acabamos de psicografar-anotar súplicas deles meninos-anjos de cabelos encaracolados em favor de nossa tolhida personagem. Ah, Rei Revés! Entregue entre quatro paredes ao acaso passeriforme... Naqueles tempos pretéritos exuberantes foi impossível decifrar os hieróglifos funestos dos deuses da derrocada quase-absoluta? Autor, personagem e poucos-possíveis-prováveis leitores, todos, vivemos vida toda enredados nos muitos-infindáveis símbolos enigmáticos. Ah, maldito Tirésias! Protegendo-se atrás do escudo da Ausência, do Não-Comparecimento? Entrou em conluio com o Arredio? Profeta cego de Tebas seria o progenitor do Sub-Reptício? Ah, Dante, monumental poeta! Ferida ainda não cicatrizou tantos séculos depois? Seja complacente cedendo por tempo limitado esse adivinho ao narrador desta miniepopeia — indeciso, sempre na espreita da segregação geral abrupta das palavras, deixando prosador desmemoriado-impossibilitado de juntar frases numa cadeia de sequência lógica — cataclismo linguístico irreparável. Ah, menino-tabaréu: deus trágico irreconhecível possivelmente não sussurrou neles seus infantes ouvidos dizendo que mais cedo, mais tarde, seremos, todos, submetidos às chacotas mnemônicas; que é inútil procurar culpados pelos nossos desbotamentos, nossos retratos jogados num canto qualquer do baú da memória. Ah, Rei Revés! Será que você afundou nas águas do Letes, mergulhou no esquecimento todas as possíveis-prováveis anomalias e arbitrariedades e malversações? Tirésias... Tirésias... Tirésias... Você poderia chegar para preservar autor-quase-epopeico destas indesejáveis, inconvenientes, capciosas interrogações. Ah, Sófocles! Ah, Eurípides! Autores de mentes indecisas, feito narrador desta miniepopeia, são injustos? Merecedores de recriminações das personagens e de todos os poucos-possíveis-prováveis leitores? Todos os bons narradores deveriam manter a compostura? Não deveriam sofrer com a personagem? Narrador desta miniepopeia, por exemplo, poderia ficar igualmente preso ao jugo fatal imposto pela sorte dela? Deveria agora, feito Corifeu, participar da mesma angústia régia e chorar lágrimas de imensa piedade dele Rei Revés agora confinado entre quatro paredes? Ah, mestres trágicos! Ajudem autor-quase-epopeico a transitar equidistante, imparcial nos espaços entre as linhas deste texto. Mortos, próprios-precoces mortos... Autor-quase-epopeico conhece de muito perto a rudeza soturna desses acasos todos: ao contrário dele possivelmente altivo Rei Revés, narrador nunca teve competência para este intrincado empreendimento cujo nome é Vida; talvez ao contrário dela personagem, autor sabe que as próprias lamentações são inóspitas: vive rodeado de estorvos para reacender próprias perspectivas promissoras — possivelmente o oposto dela nossa personagem que poderá contar a qualquer momento com as muitas-múltiplas asas dos Anuns e dos agora múltiplos meninos-anjos de cabelos encaracolados — no interior do céu os seres multiplicam-se. Ah, menino-tabaréu: deus trágico irreconhecível possivelmente não sussurrou neles seus infantes ouvidos dizendo que um dia muito depois dos muitos-milhares de depois três pássaros pretos heroicos poderiam ser o amuleto, o talismã, o caduceu dele Rei Revés; possivelmente não disse que três altivas aves iriam num futuro distante improvisar os atalhos os becos as trilhas de sua liberdade; possivelmente não sussurrou neles seus infantes ouvidos dizendo que um dia, décadas e décadas depois, três Anuns, vivendo tempo todo nos tremulares, iriam sair de sua bandeira para voar levando de vencida o Imponderável, restaurando as forças, pondo Rei Revés a salvo. Ah, Tirésias! Apareça — mesmo que seja para contradizer, apresentar argumentação premonitória contrária às insinuações possivelmente fictícias-ficcionais do narrador desta miniepopeia; apareça para possivelmente dizer que nossa personagem ainda vai padecer, ainda vai deitar-se sobre espinhos entre quatro sombrias paredes; apareça para possivelmente dizer citar adágio repreensivo qualquer... Quem abrolhos semeia, espinhos colhe; apareça para possivelmente dizer incisivo: Lei de Talião. Ah, Profeta cego de Tebas! À semelhança de Erasmo de Rotterdam você está combatendo provável inimigo com seu silêncio. Ah, Sófocles! Ah, Eurípides! Autor-quase-epopeico está se sentindo imobilizado, sensação de que apalpa o Interregno, acalenta a Desistência — resvalando em culpa: praticando atos torpes, tripudiantes — cáften literário, substanciando às lufadas seu apetite insaciável-rufianesco. Ah, mestres trágicos! Sensação de que cabeça deste narrador está ficando quase oca, peito quase vazio, horizonte nenhum, perspectiva nenhuma — moeda que perdeu sua efígie. Ah, Rei Revés! Não siga as trilhas tíbias deste fraco-frágil-frouxo autor-quase-epopeico: Anuns e meninos-anjos de cabelos encaracolados, paladinos alados, não deixarão de concluir suas empreitadas heroicas — intercâmbio sublime-passeriforme. Ah, Eurípides! Oportuna observação: vejo que os potentes deuses elevam uns do nada a culminâncias máximas e precipitam outros de alta glória ao chão. Ah, menino-tabaréu: deus trágico irreconhecível acaba de sussurrar neles indecisos ouvidos do narrador desta miniepopeia dizendo que nenhum apetrecho de guerra é melhor que a palavra para combater-esperar altivo as imprevisibilidades das surpreendências. Ah, menino-tabaréu: este mesmo deus possivelmente não sussurrou neles seus infantes ouvidos dizendo que depois do depois de muitos-milhares de depois você ficaria preso entre quatro paredes tentando a todo custo se preservar do desmemoriamento truculento, obsceno; que viveria refém das obscuridades, do nebuloso, das neblinas mnemônicas; que sobraria apenas uma fresta para ver sorriso mediúnico deles agora vários-múltiplos meninos-anjos de cabelos encaracolados; possivelmente não sussurrou dizendo que ele Rei Revés, conveniente, jogaria fora seu chocalho despertador de reminiscências; que, completamente só, entre quatro paredes, resolveria ver a vida de soslaio, catalogando apenas inquietudes momentâneas — jeito que encontraria para abstrair-se, blindar de caudal de erros e acertos pretéritos. Ah, Tirésias! Ajude narrador desta miniepopeia a eliminar conjecturas no nascedouro. Anuns! Anuns!

Anuns! Férias coletivas: suspendam agora esses tremulares cívicos saindo dessa bandeira para resgatar cidadão benemérito dessa cidadela longínqua — pedidos veementes daqueles meninos igualmente alados. Autor *tanto faz* (nobre desinteresse) desta miniepopeia não desistiu, mas continuará possivelmente não pendendo mais para um lado do que para outro; nivelando-se talvez a multidão dos indiferentes — alheios à sorte dos indivíduos. Ah, Sófocles! Ah, Eurípides! Dependesse de vocês, Antígona seria pelo menos enterrada morta? Édipo furaria apenas um olho? Tirésias, apareça, mas não agora: narrador barroco desta minitragédia tem autonomia de voo para este questionamento verdadeiramente trágico. Mitólogos dizem que, à semelhança dos deuses, os humanos, um dia, se recordariam de um gesto divino em cada um dos seus gestos. Ah, Rei Revés? Agora entre quatro paredes sussurrando-suplicando-vivificando supremacias pretéritas? Tentando apalpar o Incognoscível? Autor-quase-epopeico, réplica diminuta dos mestres trágicos, desconfia que ele, profeta cego de Tebas, sim, lá do oitavo círculo, não consegue mais rastrear transcendências. Nossa personagem entre quatro paredes possivelmente agora lança mão da máxima délfica do Conheça-te a ti mesmo? Rei Revés, codinome: Narciso? Ah, meninos-anjos de cabelos encaracolados de descendências soberanas, aves celestiais: Tirésias não sabe que vocês, e eles, Anuns, desconsideram prós-e-contras em benefício da Sensatez alada — pacto de amor à justiça genealógica: pássaros pretos já juntaram há décadas sangue de seus antepassados ao sangue do menino-tabaréu — todos filhos da mesma cidadela longínqua. Anuns! Anuns! Anuns! Quem vive vida toda dentro dos tremulares iconográficos são seres prodigiosos--invencíveis. Ah, Tirésias! Autor e personagem e poucos-possíveis-prováveis leitores, todos, à sua semelhança, vivemos no reino dos mortos. Ah, Prometeu! Rei Revés também acorrentado exposto a todas as injúrias? Sofrendo suplícios que são motivos de júbilo para seus inimigos? Não revelará os próprios segredos enquanto não romperem correntes, repararem injúrias? Ah, Sófocles! Palavra não é argila fácil de ser moldada: ajude narrador desta miniepopeia a seguir os rastros da Verdade. Ah, menino-tabaréu: deus trágico irreconhecível possivelmente não sussurrou neles seus infantes ouvidos dizendo que num depois do depois de muitos-milhares de depois você ficaria tentando tempo todo, entre quatro paredes, se livrar de tropel invisível de vozes inquisidoras; que num futuro distante você iria descobrir que não poderia se desembaraçar de incômodo Outro Você mesmo; possivelmente não sussurrou dizendo que num depois do depois de muitos-milhares de depois, entre quatro paredes, não haveria etimologia que pudesse dar conta de explicar dor que seria provocada pela ausência dele menino-anjo de cabelos encaracolados; possivelmente não disse que nesse dia Rei Revés ficaria tentando-procurando criar palavra mais pedregosa, de conteúdo semântico mais substancioso, de densidade rochosa, monolítica para explicar esse infante-abrupto desaparecimento. Transcendência do Desalento, corte desprovido de cicatrização. Nossa personagem possivelmente já escreveu, à semelhança de todos os corriqueiros-prisioneiros, nas paredes que circundam espaço exíguo no qual sobrevive, palavras como INGRATIDÃO? SOLIDARIEDADE? INJUSTIÇA? SAUDADE? Ou já impregnou todas as divisões internas com centenas, quase um milhar de ANUNS, ANUNS, ANUNS? Ou, lembrando-se de Cervantes... UM BOM ARREPENDIMENTO É O MELHOR REMÉDIO PARA AS ENFERMIDADES DA ALMA? Ah, Sófocles! Ah, Eurípides! Não deixem narrador desta miniepopeia sucumbir ao peso da Indecisão e sua fiel criadagem; autor não pode continuar vivendo páginas quase todas de contingências e suposições e acasos: aqui fora já vive tempo todo subjugado aos caprichos das conjunturas, vítima deles acontecimentos casuais — própria vida ficou fictícia. Ah, autores trágicos magistrais! Não deixem que personagem viva agora à semelhança de autor na vida real: em poder dos estigmas e suas incansáveis estranhezas. Ah, por favor, podendo sussurrem nos ouvidos adultos-desesperados dele Rei Revés que literatura do narrador desta miniepopeia sempre precisou do inconcluso, do insuficiente, do insondável, dos longínquos inabitáveis; possivelmente dos perjúrios também — e das obscuridades; palavras dele autor-quase-epopeico são suas ervas enfeitiçadas, degraus da escada sobre a qual desce ao reino das sombras para às vezes frustrar o Inacessível —

maioria das vezes escreve para tentar reencontrar seu outro eu mais intacto de angústia, àquele menos niilista, quase-ele-mesmo de asas fluentes, voos eufóricos que inventavam ventos. Ah, mestres trágicos! Aconselhem Rei Revés a lançar mão da memorialística: dias ficariam menos entorpecedores, monótonos; possivelmente se afastaria entre aspas da solidão que talvez exceda ao necessário; seus vocábulos seriam guardiões do desconsolo; ajudariam Rei Revés a se aproximar dos próprios recônditos — descoser laços intrincados da própria identidade pessoal, de seu conjunto de caracteres. Ah, Sófocles! Ah, Eurípides! Sussurrem nos adultos-inquietantes ouvidos de nossa personagem explicando que ela, agora possivelmente memorialista, não poderia fazer regateios com as compunções — vocábulos exatos alertariam-iluminariam o espírito: torcer os sentidos das palavras estimularia incompletudes; que deveria obstinar-se em tecer frases para beneficiar própria sobrevivência da Verdade — deveria tomar medidas antecipadas para impedir a chegada dos odores duvidosos dos vocábulos; que palavras exatas não deixariam ela nossa personagem agora possível memorialista a se esgueirar entre equívocos e inquietações da consciência; que seu suposto livro de memórias seria seu espelho retrovisor no qual possivelmente veria com nitidez muitos feitos gloriosos e muitas tropelias e muitos desatinos. Narrador e poucos-possíveis-prováveis leitores, todos, sabemos que é difícil-constrangedor ser nosso próprio verdugo. Olhar de frente própria vida de todos os ângulos possíveis. Ah, menino-tabaréu: deus trágico irreconhecível possivelmente não sussurrou neles seus infantes ouvidos dizendo que depois do depois de muitos-milhares de depois você se tornaria triste figura entre quatro paredes sem nenhum Sancho Pança sem nenhuma Dulcineia sem nenhum Rocinante; não disse que Rei Revés viveria anos seguidos entre quatro paredes possivelmente desconfortável dentro de si mesmo, guardando segredos profundos triturando alma já em pedaços, convivendo tempo todo com o próprio destoamento, com inadequações de todas as latitudes, descobrindo que não é ética, não é estética solidão dessa similitude. Ah, esse cômodo inadequado entre quatro paredes seria pequeno demais para acolher enxame de revoltas e rancores? Anuns! Anuns! Anuns! Vocês heroicos-alados ainda não ouviram palavras-uivo, palavras-lamento, frases-soluço dele Rei Revés? Ah, Tirésias! Será que destino dessas altivas aves seria viver para sempre envolvidas nos tremulares-cívicos do símbolo máximo da cidadela longínqua na qual viveu tempos pretéritos nossa personagem? Ah, meninos-anjos de cabelos encaracolados: será que só vocês poderiam trazer à maturidade essa empreitada redentora? Tirésias... Tirésias... desprezível-indigno-abjeto antigo profeta cego de Tebas que hoje enfrenta merecidos dias ardentes no oitavo círculo dantesco... Tirésias... Tirésias... Você, à semelhança de Édipo, não tem sido hábil na decifração de enigmas. Rei Revés? Agora entre quatro paredes possivelmente entrelaçado no seu orgulho solitário? Predeterminado à vingança? Predisposto ao remorso? Ah, senhor Broch: o problema pessoal do indivíduo tornou-se objeto de risos para os deuses, e estão certos em sua falta de piedade? Autor e poucos-possíveis-prováveis leitores, todos, permaneceremos na ignorância, continuaremos desconhecendo, talvez até as últimas páginas desta narrativa, o limite dos descompassos, a linha de demarcação da razoabilidade dela nossa personagem; também não iremos, até o ocaso desta miniepopeia, apalpar as entranhas dos tremulares nos quais aquelas figuras aladas fizeram seu ninho definitivo; não iremos, igualmente, entrar nas entranhas de todos os ruflares das asas daqueles meninos-anjos de cabelos encaracolados. Ah, Sófocles! Ah, Eurípides! Tirem da frente do autor desta narrativa este espectro horrível cujo nome é Suposição; codinome: Incerteza. Há males para os quais não se deve buscar cura: eles nos protegem contra males mais graves? Será que personagem, à semelhança do autor, está deixando de se reconhecer a si próprio? Pondo-se em harmonia com o narrador sentindo-se alvo das zombarias do Inopinado? Também atarantado sem saber lidar com os próprios vestígios? Dias têm amanhecido igualmente medonhos, eclipsando possíveis regozijos ou exultações ou qualquer outra manifestação de caráter prazenteiro? Também, ingênuo, acreditou um dia na inexistência dos pântanos, das areias movediças? Ah, menino-tabaréu: deus trágico irreconhecível possivelmente não sussurrou neles seus infantes ouvidos dizendo que depois do depois de muitos-milhares de depois você ficaria entre quatro paredes compondo quem sabe desesperadas endechas; não disse que num futuro distante você ficaria possivelmente anos seguidos num cômodo exíguo vulcânico esperando talvez Caronte aquele barqueiro do Inferno; não sussurrou dizendo que o homem feito ele polvo se colora da cor que bem entende segundo as circunstâncias. Rei Revés? Retratação solene? Absolutamente só excitando compaixão? Expiando-se de toda a mácula? Salgando caminho com privações voluntárias? Ah, Sófocles! Ah, Eurípides! Não deixem narrador desta miniepopeia se exceder nas insinuações, transgredir preceitos da imparcialidade. Anuns! Anuns! Anuns! Os legisladores dos ares não poderiam impedir seus voos heroicos: estariam desfigurando o conjunto das leis fundamentais que regem vidas aladas. Deus trágico irreconhecível possivelmente sussurraria nos ouvidos indecisos do narrador desta miniepopeia dizendo que nossas vidas são mais recheadas deles acontecimentos funestos e que as dores sobrepujam os prazeres e que a fortuna fatalmente negligencia se tornando frouxa no cumprimento de seus deveres benignos e que a deusa-infortúnio sabe por assim dizer levar a barca a bom termo. Rei Revés pensando agora em tempos pretéritos não muito distantes poderia talvez rebater dizendo que nem tanto nem tão pouco — possivelmente diria também que a vida muitas vezes é atafulhada de fatos anômalos contradizendo nossos prováveis desejos panglossianos. Hipóteses, lucubrações metafísicas: autor-quase-epopeico continua refém do silêncio devastador dele Tirésias — entanto, seguirá caminhando às apalpadelas nas páginas seguintes tentando-procurando chegar ao deslinde do mistério-Rei Revés, mesmo sendo adepto do tópos dantesco segundo o qual a dúvida agrada não menos que o saber. Tirésias... Profeta cego aquele que viveu em Tebas possivelmente saberia dizer ao narrador desta miniepopeia que Rei Revés daqui a pouco estará tartamudeando ad nauseam sons ininteligíveis? Atingindo o ápice da pirâmide do Destrambelho? Incitando induzindo levantando ânimo deles desvarios todos? Obscurecendo o juízo? Saberia dizer que, ao contrário, naquele quarto sombrio poderia surgir de repente réstia de sol, feixe de luz? O que seria desclaridade resplandeceria? Tirésias... você possivelmente saberia dizer ao autor-quase-epopeico se Rei Revés sofre amiúde delírios persecutórios à maneira de Rousseau — mesmo assim nunca abandonará vergonhosamente o escudo feito ele Arquíloco? Tirésias... ajude autor-quase-epopeico a contornar com palavras a anatomia de quase todos os caracteres de nossa personagem. Ah! Profeta cego de Tebas, não estamos pedindo o impossível: rastrear as cinco virtudes, as cinco faculdades, as dez forças, as dezoito substâncias dele Buda — apenas pedimos que você ajude narrador desta miniepopeia a seguir as trilhas serenas daquele memorialista do cárcere que sempre manteve os olhos afeitos a investigações em profundidade, enxergando nos defeitos dos outros a sombra de seus próprios defeitos. Anuns! Anuns! Anuns! Vocês já estariam afilando suas asas para retirar Rei Revés daquele cômodo no qual vive arrodeado de mortos, próprios-precoces mortos? Estariam trocando frases etéreas com eles meninos-anjos de cabelos encaracolados? Já estariam estudando viabilidade alada, fazendo preparativos, estabelecendo preliminares intrépidas? Vocês aves heroicas já estariam prontas para se desvencilhar provisórias dos tremulares cívicos? Prontas para juntar suas asas passeriformes às divinas asas deles meninos-anjos de cabelos encaracolados, formando um único conjunto voejo? Todas elas juntas engendrariam único-estrondoso ruflar de esperança? Anuns! Anuns! Anuns! Acaso desistissem se enclausurando para sempre nos tremulares, vocês, símbolos cívicos, atrópteros, mesmo assim continuariam orgulhosos de si mesmos? Ah, menino-tabaréu: deus trágico irreconhecível possivelmente não sussurrou neles seus infantes ouvidos dizendo que é sempre difícil-impossível prever geometria hermética deles nossos caminhos futuros; que um dia distante, depois do depois de muitos-milhares de depois você enfrentaria entre quatro paredes noites insones por causa do zumbido dos mortos, próprios-precoces mortos — impossibilitado de se esquivar da saudade deles aqueles rostos indecisos aparecendo-desaparecendo nas paredes. Ah, Sófocles! Ah, Eurípides! São muitos os caminhos viciosos dos vocábulos: não deixem autor-quase-epopeico a ser impelido pelo artificiosismo, se deixar submergir nos abismos dos vícios de linguagem, não ser propenso às atraentes farturas adjetivais, resistir às carícias voluptuosas dos vocábulos cujas aliterações sonorizam frases. Ah, mestres trágicos! Não deixem que personagem à semelhança do narrador desta miniepopeia ande cada vez mais desafeiçoada de si mesma, cansada de ser seu próprio frete, erguendo esperança em campo minado, vivendo sob estética da surpreendência desoladora; não deixem que personagem à semelhança do autor se transforme amiúde num fantoche do desconsolo, tentando desfazer reincidentes emaranhadas dúvidas sobre si mesma — todas tumultuosas, indecifráveis; não deixem que as deusas da Derrocada Definitiva sejam tão persuasivas com ela também; não deixem que nossa personagem siga as trilhas do autor sendo submissa aos tediosos obuses do Destino, flertando a todo instante com procuras delirantes acreditando ter perdido própria sombra. Anuns! Anuns! Anuns! Seria possível ajuste, identificação no mesmo escopo, reunião de esforços com o Vento? Juntar-se a este ar atmosférico em movimento natural, estabelecendo igualmente parceria com meninos-anjos de cabelos encaracolados para resgatar Rei Revés ainda hoje — amanhã se tanto? Ah, Sófocles! Ah, Eurípedes! Não deixem narrador *tanto faz* desta miniepopeia resvalar-transitar inconsciente pelas volúveis veredas da parcialidade. Ah, mestres trágicos: difícil entrar nos recantos obscuros do próprio sentido. Rei Revés? Suas verdades também são amargas? Inabilidade absoluta para o sacramento da penitência? Guarda dentro de si segredos-asfixia de inimaginável transcendência? Criador-criatura dentro da mesma estrutura física dentro do mesmo organismo vivo? Vivendo agora sob os escombros da saudade dele menino-anjo de cabelos encaracolados? Tristeza inexaurível? São flagelos da ira dos deuses do Acaso? Nossa personagem agora deixa desespero se prorromper a todo instante? Ah, menino-tabaréu: deus trágico irreconhecível possivelmente não sussurrou neles seus infantes ouvidos dizendo que somos todos tulhas de medos e esperanças e ambições e amores e ódios; que independente da trilha do atalho do atravessadouro sempre encontraremos pela frente nós mesmos, seres-estorvilhos; que num futuro distante, depois de muitos-milhares de depois do depois, você iria viver entre quatro paredes, cacimba anômala, possivelmente ignorando-esquecendo a *estima em si* cartesiana, ou, talvez, procurando-querendo aprender a usar o tempo sábia-parcimoniosamente no autoaperfeiçoamento — regando o Jardim de Epicuro. Anuns! Anuns! Anuns! Sair dos tremulares dessa bandeira seria tão impossível como entrançar corda de areia? Os prodígios passeriformes transcendem imaginação de todos nós animais racionais vivendo tempo todo ao rés do chão? Autor, personagem, poucos-possíveis-prováveis leitores entenderíamos jamais em absoluto sublimidades aladas? Anuns! Anuns! Anuns! Vocês seriam capazes (aliados às outras tantas-inúmeras asas daqueles meninos-anjos de cabelos encaracolados) de resgatar aquele barco arruinado necessitado de reboque, cujo barqueiro se perdeu nas brenhas do descontrole tartamelando agora quem sabe sons obscuros, despenhando em desvarios — mesmo assim não dobrando a cerviz? Ah, meninos-anjos de cabelos encaracolados: furem-perfurem, criem cissuras neles aqueles tremulares cívicos para facilitar debandada circunstancial dos três heroicos Anuns. Ah, Sófocles! Ah, Eurípides!

Ajudem narrador desta miniepopeia a entender-
-entrar nos meandros dela nossa personagem
possivelmente quase sempre atraído por entidades
muito pouco receptivas à dimensão transcendente da Verdade — espíritos-ilusórios-alquímicos:
não haviam percebido ainda que mistura de enxofre e mercúrio não produziria ouro ou prata.
Ah, mestres trágicos! Alma humana e suas profundezas opacas: não podemos ser ao mesmo
tempo princípio motor e coisa movida. Rei Revés?
Talvez não tenha tido à sua disposição lenho fa-
lante aquele que ficava na proa da nave dos argo-
nautas dando rumos advertindo perigos. Ah,
menino-tabaréu: deus trágico irreconhecível possivelmente não sussurrou neles seus infantes ouvidos dizendo que nós seres humanos somos re-
sultado da falha casual de precauções antissépticas
cósmicas; que abluções corporais não lavam remorsos. Ah, Sófocles! Ah, Eurípides! Não deixem
narrador desta miniepopeia cometer iniquidades,
exorbitar das atribuições, arrogar privilégios re-
chaçando possíveis réplicas de nossa personagem
e poucos-prováveis leitores. Seria possível desvendar de vez alma dele Rei Revés? Estaria agora entre

quatro paredes, impassível, senhor de si mesmo, diante do infortúnio e da dor? Entendemos, senhor Bacon: as Hipóteses são extraídas de observações concretas depois rigorosamente testadas. Nossa personagem estaria levando o destino de sua escolha nos ombros? Anuns! Anuns! Anuns! Desprendimento tremular de vocês seria difícil-impossível como saber quantos anjos caberiam na ponta de uma agulha? Compartilhar moradia com tremulares de bandeira seria viver de impossibilidades? Ah, Tirésias e seu obstinado-devastador silêncio... Anuns! Anuns! Anuns! Vocês, aves atrópteras, seriam reféns de barricadas cívicas--invisíveis? Não conseguiriam jamais vislumbrar acenos clamorosos dele Rei Revés abandonado no reino das profundezas impalpáveis? Ou dentro dos tremulares tudo é possível: vencer obstáculo, enxergar o recôndito o inescrutável, conhecer o número dos grãos de areia e a medida do mar, comandar os ventos? Ah, Tirésias! Rei Revés estaria indefeso diante dos desígnios impenetráveis dos deuses da Compostura? Ou agora entre quatro paredes apenas com seus inextricáveis solilóquios? Ou refletindo sobre sofrimento que seres humanos infligem uns aos outros? Ou praticando ascese? Ou diante de porta kafkiana que jamais se abre? Ou concentrando-se em orações para desassombrar o espírito? Ah, Tirésias... Execrável antigo profeta de Tebas... Seu mutismo é angustiante. Mortos, próprios-precoces mortos... Ah, as desordens, as arbitrariedades, os desregramentos do Acaso — sensação de que ele Rei Revés já cinzelou na alma monograma da Perda Absoluta? Ah, Poeta obscuro de uma longínqua Atenas: ajude autor-quase-epopeico a decifrar os meandros dela nossa indefinida personagem — sim: tudo tem a todo tempo seu oposto em si. Ah, Tirésias! Existe culpa, injustiça, contradição? Rei Revés consegue se desvencilhar das amarras da compaixão? Seria você, profeta cego de Tebas, único bem-aventurado libertador da Verdade? Ah, menino-tabaréu: deus trágico irreconhecível possivelmente não sussurrou neles seus infantes ouvidos dizendo que há embutido em todo salto a possibilidade da queda. Tirésias... Tirésias... Você previu que viveria para sempre no oitavo ciclo? Previu que um dia existiria Dante? Você deveria cair em desuso, ser expulso desta nossa lexicografia-trágica — não perambular entre aspas dentro das também indecisas páginas. Ah, Sófocles! Ah, Eurípides! Apenas vocês deveriam estar aqui? Apenas vocês dois e os três Anuns e muitos-múltiplos meninos-anjos de cabelos encaracolados? Mais nada-ninguém? Para possivelmente, juntos, salvar Antígona, aquela que tentou inútil transgredindo leis reais enterrar o próprio irmão? Aquela que foi incapaz de se curvar diante da desgraça? Aquela que foi inspiração divina da justiça? Pecadora sagrada? Aquela que exigiu ritos de luto e sepultamento do irmão? Aquela que foi a própria consciência ética? Aquela que, abnegada, comovente abnegação, desafiou preceitos inegociáveis do decreto real? Aquela que decidiu pela própria morte para não viver experiências mesquinhas e insatisfatórias? Aquela que ousou terrivelmente, assumiu solidão também ética, transgrediu a ordem e o poder e a aparência permanecendo fiel a si mesma? Ah, Sófocles! Ah, Eurípides! Meninos-anjos de cabelos encaracolados, quando foi apenas um, não viveu em Tebas; Anuns, que ainda são três, também não viveram em Tebas — motivo pelo qual não seria justo que suas preocupações fossem mais afeitas entre aspas às linhas colaterais e linhas retas ascendentes? Ainda não é tempo de revelar esse mistério...

Tirésias? É você? Narrador e poucos-possíveis--prováveis leitores, todos, não estamos ouvindo direito... Mais alto, por favor! Sim: daqui a pouco... pouquinho depois de autor terminar de vez esta narrativa ele Rei Revés baterá a cabeça dezenas de vezes nas paredes daquele exíguo cômodo... depois... atormentado-desesperado--enlouquecido... banhado em sangue... vai chamar em ajuda, suplicar: Anuns! Anuns! Anuns!

Este livro foi composto na tipografia Minion Pro, em corpo 13/18, e impresso em papel off-white no Sistema Cameron da Divisão Gráfica da Distribuidora Record.